本当の豊かさ

ジャン・ジオノ［著］
山本省［訳］

彩流社

ル・コタンドゥールの仲間たち捧げる

目次

序文

『喜びは永遠に残る』を発表したあと、私は猛烈な質問攻めにさらされた。喜びを確立するというこの計画は、私から遠く離れて暮らしている男女の心を動かしたのである。彼らは手紙を書き送ってきた。一九三五年の夏に、いたるところから送られてきたこの呼びかけに私も心から感動したので、また私自身の喜びを永続させたいという思いもあり、私はこうした仲間たちの幾人かをマノスクに呼び集めた。彼らとともにグレモーヌ高原［『喜びは永遠に残る』の舞台になっている高原］の生活を再現しようと計画したのである。一九三五年九月一日、マノスクからリュール山［マノスクの約三十キロ北に聳えている山、標高一八二六メートル］に向かって私たちは隊列を組んで出発した。みんなで四十人くらいだった。三つめの宿泊地、ル・コンタドゥール高原［標高約一一〇〇メートル］に私たちはやってきた。それは赤茶けた長い山裾のうねりのあいだに三、四軒の家と二つの風車小屋の廃墟が抱かれている場所である。私たちの当初の計画では、もっと山の奥深くまで入りこんでいくつもりであった。もっと山の奥深くまでと書いたが、当日到達した地点でもすでに孤独感があたり一面に漂っていた。あまりにも静かなので、ヒバリのさえずりがそこでは轟音に聞こえるほどだった。軽はずみにも私が膝を挫いてしまうという事故が生じたので、数日のあいだ私たちは同じ場所にとどまらざるをえなかった。ラヴェンダーの蒸留が行われている納屋で私たちは暮らしていた。蒸留器のラヴェンダー・エッセンスが私たちの朝の身支度を芳香で満たしてくれた。三人の老農夫がやってきて私たちと語り合った。黒くて大きな暖炉で私たちは料理を作った。その暖炉は松の枝から出てくる松脂(まつやに)ですっかり煤けていた。羊飼いから買ってきた子羊を私たちは調理して食べた。夕方になると、この野生の土地の女王メルル夫人が、栗林のなかを曲がりくねって登ってくる道をたどって、私たちの野営地までやってきてくれた。彼女は私たちに混じって坐りこみ、新しい泉から湧き出る水の泡のように高原で沸騰する私たちの喜びの声に進んで耳を傾けていた。私たちはみんな陽気だったからである。私は間違ったことは言いたくない。私たちはあまりにも陽気だったので、出発のさいにすでにみんなは涙を流すほどだった。みなさん覚えているだろう。万事がそこで終わっていたなら、本当の豊かさを求める生活をそのあとも続けるなどという勇気を私たちは持てなかったであろう。ともかく万事がそんな風にその場所ではじまった。その土地をあとにする前に、私たちはみんなで協力しあって一軒の家とひとつの貯水槽とその周囲の一ヘクタールの土地とを購入したのだった。それ以降、その土地が私たちの希望の住居となった。

夕食のあと、私たちは炎で照らされた暖炉のまわりに集まった。そして私たちはいろんな物語を語り合った。みんなは私にすぐさま質問を浴びせてきたが、私はそれに答えることは拒絶して、星々や、大いなる伝説や、人間と世界の混じり合いなどに関するさまざまな物語を話して聞かせた。同志たちよ、あなた方は喜びについて私に尋問してきた。あのときのあなた方は陽気だったではないか！　あのようなあなた方に、いったいどのように答えたらいいのだろうか？

＊

この本がその質問に対する返答である。ラーマが眠っているあいだに起こったさまざまな出来事をめぐるヒンズー教の物語や、森のなかにある湖の下でアンドラの兵士たちが休憩していたことや、海の攪拌や、アジュラスに対するヴィシュヌの勝利など［以上は『マハーバーラタ』への言及］について話したとき、私はあなた方にすでに返答していたはずである。真夜中に干し草の山を取り囲んで坐って、空に輝く星座に名前を割り振っていたとき、私はあなた方に答えていたのであった。あなた方は自分たちの科学をあまりにも信頼しすぎていると私には思われた。現代という時代は、原子の崩壊という問題を解決しただけでなく、私たちが人間としての暮らしをするのに必要だった精神力を理由もなく解放してしまっているので、それはつまり人間精神を解体してしまっているということになる。こういうことをあなた方は理解していない様子だった。純粋に知的な思索は、宇宙から聖なる外套を剥ぎとってしまう。世界は、錯綜した森林で覆われていたときには、人間たちを持ち運んでいた。その頃、泉や陰を産み出していた叢林は、道を塞いでいた。当時は、平和と喜びが私たちの足元を歩いていた。精神はこうした世界を今あるような剥きだしの砂漠に変えてしまった。この砂漠は砂丘で覆われており、あちこちにあるそうした砂丘の傾斜は、それぞれ同じような形状を描きながら、四方の地平線の向こうまで続いている。私の本当の答えを表明する前に、人間という存在は魔術的な住居がなかったら生きていくことができないということをあなた方にまず理解してほしかった。

私が長い道のりをたどってやっと到着した場所で、あなた方は私に合流したばかりである。あなた方もそれぞれの大地を踏破してそこまでやってきていたのだった。それに先立つさまざまなことの総体で私は成り立っていた。あなた方も事情は同じであった。さらに、そのあとに続いて生じるはずのいろんな要素で、ある程度まで、私は成り立っていた。何故なら、私が歩んできた道筋は、ずっと以前から私がよく知っている街道だったからである。その道筋が私には見えている。私には、いつ自分が丘に登るか、また私がいつ谷間に下りていくかということは分かっている。実際にそうする前からすでに、私はその丘の人間であり、その谷間の人間なのである。今となっては、あなた方への返答は私自身なのだと言うのが適切であろうと思う次第である。さまざまなことに満足な説明を求めるには、私のことを知ればそれで充分なのだということを、あなた方はしっかり理解することができた。私たちの周囲に広がっている光景が、最高に謎めいている私のこの場所への回帰［ル・コンタドゥール高原にいま仲間たちとともにやって来ているという事実］に一挙に照明を当ててくれた。あなた方にとっても事情は同じだし、誰にとっても同じことなのだ。私たちは宇宙のさまざまな要素を構成しているのである。私は、ごく単純に、あなた方よりいくらかむき出しの度合いが高い存在である。牧神が生息している国〔リュール山麓は牧神が跳梁する地域だと考えていたジオノは、そこを舞台にして〈牧神三部作〉を書いた〕の境界まで私がたどり着いたときに、あなた方が私に質問を投げかけてくれたことを、私は感謝している。それに何とか答えようとして、今、私はこの本を書き上げようとしている。私たちがひとつの山の頂上に到達すると、次の頂上に向けて歩きはじめる前に築きあげるケルンのようなものに、この本はなるであろう。

　正真正銘の世界で生活することによって、果物や清冽な泉の水よりももっと味わい深い単純な英知が得られるということを、あなた方は目撃した。あなた方の内部で以前から渇きと飢えを感じていた要素がすべて、飲みそして食べたのである。たしかに、人間の問題のすべてがこんな風に解決されるというわけではない。しかし、私たちはついに堅固な土台の上に立っているし、本物の食品によって健康を支えられている。私たちがあのときに滞在していたリュール山をイメージとして持ち続ければ、私たちはもっと高くまでもっと遠くまでこれからも登っていけるであろう。あのリュール山は、針峰のように尖った山ではないが、ディオニュソスの雄牛の巨大な背中のように、空高く聳えている。

　私が歩んでいたあの牧神が遍在する土地、あそこでなら私はあらゆるものの説明が見いだせるはずだと見なしているとあなた方は考えた。しかし、私はそこではただたんなる出発点を探しているだけだった。自分で進むべき道は自分で発見するしかない、と私の人生は私に要望した。人に勧められた道は、それをたどっていくと絶望に近づいていてしまうということが、私には分かっていた。だから、私ははじめの足跡に舞い戻った。そしてその道を一歩一歩登っていった。最初のうち、私は不安だった。あなた方の学識の物音もすっかり静まりかえってしまっていた。草のなかに延びている小さな道が残されているだけだった。私より前にその道を歩んでいった者たちは、ずっと以前に亡くなっていた。私は時間的であると同時に空間的でもあるような二重の孤独を味わった。時には踏み跡が草のなかで消えてしまうようなこともあった。凍りつくような神の存在が、まるで山の陰のように、私の上空に身を乗り出してきていた。沈黙の反響が、地上のありとあらゆる物音よりもいっそう激しく鳴り響いていた。しかし、一歩進むたびに、私自身のもっとも内密な奥底からひとつの命令が出てくるのだった。私の肉体のもっとも奥深くに埋まっている動脈の核心から、鮮烈な血が噴出してきたのである。その血は、急激に、私の目が見えるように明るく照らし、私の耳の閉塞を解放し、私が炎と同じくらいに剥きだしだと感じられるほど私の皮膚を鋭敏なものにしてくれた。私はもう自分の道を探すというようなことはしなくなった。私自身が探究そのものになってしまっていたからである。畑の畝を耕す犂の刃も同然であった。私は次第に茂みの奥に入りこんでいった。そこは生命を持った物質が何層にも堆積しているところだった。蛇のように曲がりくねった重い蔓植物をかき分け、まるで緑色の手のように私につかみかかってくる木の葉のあいだを滑り抜ける必要があった。葉の茂った枝は、私の胸や腕や脚に執拗にからみついてくるので、そうした樹木の力のなかに、千年ものあいだ生き続けることができるだろうと思えるほど力強く樹液の喘ぎが鼓動しているのが感じられた。腐植土の匂いが、私のまわりでゆるやかな渦巻きとなって回転していた。渦巻きはあまりにも激しく旋回しはじめたので、私は地面に叩きつけられ、山が作り出す大河による逆波(さかなみ)のようなものに飲みこまれ、私は流されていった。植物の生命のまんなかに情け容赦も死もないような状態で深々と埋められてしまった私は、まるで神のような立場になり、頭と目と髪の毛のなかに鳥たちが無数にいるのが感じられた。私の両腕は樹木の枝で重く、胸は雌羊や馬や雄牛で大きく膨らみ、両足は草や木の根を引きずっていた。地球上の最初の人間たちが味わっていた恐怖が、太陽が山並みの上で逆立つように、私の上に逆立っていた。

ある朝、私は牧神に関する見習い期間は終了したということを理解した。私は生命についてはもう恐怖を感じなくなっていた。牧神は、それ以来、海の上を吹きわたる風がそうするように、幸福な身震いで私を覆うようになった。私の前方では、平坦な土地が、喜びそのものの象徴だと私には思われるひとつの頂上に向かって、上昇していた。あなた方が私に質問を浴びせてきたのは、こうした時期のことであった。

*

私の本の題名として、バッハのコラールのタイトル「イエス、私の喜びが永遠に続きますように！」［「カンタータ一四七番『心と口と行いと生きざま』の第十曲」を私は採用した。しかし、呼びかけのなかでもっとも重要な最初の言葉、そこで呼びかけられている人物の名前を私は取り除いた。それは、今日にいたるまで、喜びの探究という点で重きをなしてきた唯一の人物である。私がその名前を除去したのは、それが自己放棄を意味しているからであった。私たちは何ものも放棄すべきではないからである。自分の肉体の欲求を無視することによって内面的な喜びを獲得するのは容易である。私は、この肉体を考慮にいれながら、全体的な喜びを追究することこそいっそう誠実な態度だと考えている。何故なら、私たちは肉体を実際に持っているからであり、肉体は事実ここに存在しているからであり、さらに、誕生から死にいたるまで私たちの生命を支えているのは肉体であるからである。私たちの知性を満足させるのは、難しいことではない。私たちの精神を満足させるのも、やはり、それほど難しいことではない。私たちの肉体を満足させると、私たちは屈辱を覚えるらしい。しかしながら、肉体だけが輝かしい学問［知恵］を具えているのである。

ところで、私は喜び［万人にとっての喜び］を見出したのであろうか？　見出してはいない。私の本のなかで人々が悲観主義だと指摘しているもの、それは率直さでしかない。私は自分の喜び［私だけが満足できる喜び］は見出した。そして、両者はまったく異なったものなのである。牧神のマグマに混じりあっていた（私がこう言うことができるよりももっと実質的に混じりあっていた）私は、ありとあらゆる生命活動に関与してきた。自分にはまさしく境界が存在しないということを感じていた。樹木や動物やさまざまな自然現象に私は混じりあった。私を取り囲んでいる樹木や動物や自然現象は、彼ら自身でできているのと同じくらいに私自身でできているのである。私は肉体的であると同時に精神的でもある巨大な私の喜びを発見した。すべてが私を運び、すべてが私を支え、すべてが私を連れていく。春の花々は、甘い果汁が満ちあふれた白くて長い根といっしょに私の内部に入りこんでくる。その匂いは、私には、洗練された堅牢さを具えているのが感じられる。雷雨、風、雨、閃光を放つ雲が跳梁している空、こういうものを私はもう普通の男[人間]として楽しんでいるわけではない。そうではなくて、私は雷雨であり、風であり、雨であり、空である。私は世界をその怪物的な感受性ともどもを享受していることになる。普通はこれとは反対のことが言われているのだが、私としては、自然の物質が私たちを絶望させるようなことはないと確信している。自然の物質は何も約束しないが、断言する。物質は、未来を予告する天使たちの優しい翼や、処女マリアの子供っぽい表情や、彼女が腕に抱いている子供のイエスを、私たちに壁に描かせたりすることはない。イエスは今では彼女から離れてはいるが、相変わらず貪欲さを失うことがなく、セイヨウヒイラギガシに寄生しているヤドリギの茂みのように彼女に突き刺さったままである。自然の物質は、天才的なつぶやきによって死という現象を私たちには見えないように隠蔽するなどということはない。物質は私たちが一歩進むごとに私たちに死を提示し、私たちに死を提供し、その死でもって私たちを愛撫し、死でもって不正を働くのではなくして正義を実行する。それは一種の全面的な認識だと形容することができる。私たちが世界の喜びに深く関わるとき、私たちはこの全体的な認識を喜んで待ち受ける。私たちが愛している人々がこうして彼らの運命を持続していくのを見るこ

とを私たちは受け入れることができる。物質の法則は、私たちを希望に向かわせるのである。(1)

(1)私は『喜びは永遠に残る』の結末を、実際に書いたようにではなく、もっと異なったものにしたかった。私の日記のなかには最終章の計画が残されている。読者の方々には、この序文の補遺という形でその計画を見ていただくことにしよう。たしかに、高原の住人の誰ひとりとして真実を見ることはできなかった。マルトも、ジュルダンも、エレーヌ夫人も。私たちだけがボビの死の向こうのことを少しは見ることができたのである。そしてジョゼフィーヌの最後の言葉はいっそう烈しく予言的なものになった(ジョゼフィーヌは、肉体と心の両方で規則に従って愛したので、予知することができるのである。娘のカッサンドルと同様に、この瞬間、彼女は鳥たちの飛翔から啓示を受けているはずである)。もちろんのことだが、ボビがもう肉体を持っていないということを彼女は知らない。彼女がそのことを知っていれば、彼女は自分の顔を掻きむしるであろう。彼はいつでも生きていると彼女は思っている(そのとおり、彼は生きているのである)。彼は戻ってきて、彼女を彼の腕(男のこの貧弱な腕は、かろうじて革のベルトほどの大きさで、彼女の乳房の下から肩の下にかけてたどることのできる小さな輪郭に触れることができるだけである)で抱きしめてくれるだろうと彼女は思っている。そのとき、彼女はボビのなかですでに果実のなかの果核のような存在になっているのである。

イエスの喜びは個人的でありうる。その喜びはたったひとりの人間のものかもしれない。そうして彼は救われるのである。彼に平和が訪れる。彼は今のところ、そして永遠に喜びを味わうことができる。しかし彼はひとりぼっちである。この孤独な喜びが彼を不安にすることはない。その反対である。彼は選ばれた人間なのだから。至福の状態で、手に薔薇の花をかざして、彼は戦闘を横切っていく[現実を無視して理想的な態度で世の中に対応していく]。

しかし、牧神の喜びは、自分だけのものとしてとっておくことができない。濃密きわまりない生命を通して、その喜びは私たちに提供される。私たちは、その喜びを手に入れても、それを他人と共有しないのであれば、その喜びにただ触れるだけであり、あっという間にそれを失ってしまうのである。

現在にいたるまで私たちが生活してきた社会の形態は、地上に、肉体の不幸というものを定着させてしまった。現代の社会では、世界を認識するに足るだけのたっぷりした自由を持っているような人物が誰かいるだろうか？　樹木、樹木の葉、草、春の風、馬のギャロップ、牛の歩み、空の輝き、こうしたものがいったい何を意味するのか分かっていなくても、人間は過不足なく生活していける。最高に自由な精神の持ち主でさえ、本物の科学をないがしろにして、形而上的な思索と戯れつつ生涯を過ごすというようなこともある。そうした人物たちの周囲に、まるで虹のように、栄光が噴出してくる。彼らは自分の生活に閉じこもってしまい、そこに居住するのが彼らの使命であるはずの世界から身を引き離してしまう。あらゆる初々しい男たちに対してと同じように、私が若かったとき、私に提供されたのは地下の道であった。その道に関しては、それが私を利己主義的な禁欲生活あるいは絶望に導いていくということを、当時ただちに私は見抜いたのであった。

私が心のなかで感じる喜び（ボビが彼の心のなかで感じたような喜び）に触れると同時に、私はそれを失ってしまう。それは私がその喜びを他の人たちすべてと分かち合うことができないからである。心地よいというよりもむしろ耐えがたい喜びを私が見いだしたということを、あなた方は私に糾弾するがいい。だが、私はそのことを誇りに思っている。私の歓喜は、それらが人々と共有できる歓喜になれば、持続できるであろう。しかし、悲惨が私につきまとうようなことになれば……。

しかも、悲惨は、精神錯乱のような状態に混じって、世界のいたるところに存在している。人間たちは新しい惑星を作り出した。それは肉体の悲惨と不幸で満ちあふれている惑星である。彼らは大地を放棄してしまった。彼らはもう果物も、小麦も、自由も、喜びも望まなくなっている。彼らは自分たちが考え出して生産しているものしかもう欲しくないのである。彼らは金と呼んでいる紙幣を持っている。彼らは、数多くの紙幣を獲得するために、最高に優秀な乳牛のなかから十六万頭の雌牛を屠殺して埋葬してしまおうなどと即座に決めてしまう。彼らは葡萄の木を引き抜こうと決心する。葡萄を根こそぎにしなければ、ワインの価格があまりにも安くなってしまうからである。つまり紙幣を大量に獲得できなくなってしまうのである。紙幣とワインのどちらかの選択を迫られると、彼らは紙幣を選ぶ。彼らはコーヒーを焼き、亜麻を焼き、大麻を焼き、綿花を焼く。綿花を焼いている巨大な焚き火の前にイリノイ州の失業者たちがやってきて、言う。「俺たちのマットレスにその綿花を詰めさせてくれ。俺たちは地面に寝ているんだ。食べるものもほとんどない。綿花をもらえば、少なくとも眠ることだけはできる。」綿花の生産者は答える。「駄目だよ。この綿花はあまりものなんだ。」失業者たちは言う。「あまってなんかいない。俺たちにはこの綿花が足りないのだから。俺たちがこれをもらったら、喜びを味わうことができるさ。間違いない。喜びとは言いすぎたかもしれない。ともかく、悲惨が和らぐんだ。充分に食べることができなくても、柔らかいところで眠れるようになるのがありがたい。」生産者は答える。「駄目、駄目。君たちは何も分かっていない。問題は君たちじゃないんだ。この綿花があまっているのは、このまま焼かないでいたら、綿花の価格が下がってしまうからだよ。そうすれば俺たち、綿花の生産者たちに入ってくる紙幣が少なくなってしまうのだ。このことが大事なんだ。問題のすべてはそこにある。だから、綿花が煙になってしまわないかぎり、俺たちは安心できないのだよ。どいてくれよ。」豊かな収穫が得られると、生産者たちは嘆く。桃がとれすぎた、梨がとれすぎた、ワインがとれすぎた、小麦がとれすぎた。じゃがいもが、テンサイが、キャベツが、アルチショ［チョウセンアザミ］が、ホウレンソウが、ソラマメが、レンズ豆が、インゲンマメが、とれすぎた。昔からの栄光ある仕事を続けている大地は、動物たちの精液を濃厚にしすぎてしまったのだろうか？　雌牛、雄牛、豚、羊、馬、山羊などがありあまるほどたくさんいる。素晴らしい動物たちの行列が、花々で覆われた果樹園を横切って歩いている。穀物畑は雄牛たちの腹を優しく愛撫している。だが人間は震えている。集団を襲う絶大な恐怖によって、社会が揺り動かされている。俺たちの紙幣、俺たちの紙幣はいったいどうなってしまうのだろうか！　政府、大臣、国会議員、王、皇帝、法律、人間の法律、みなさん、俺たちを何とか助けてくれ！　俺たちには何でもたくさんありすぎるんだ。早く、早く、畑に火をつけよう。斧で果樹園を切り倒そう。雌牛、豚、羊などを、夜のあいだに、包丁で腹を突き刺し、鉈で頭を切りつけて、羊たちのか細い脚を半月鎌でなぎ倒し、動物たちを屠殺してしまおう。素早くやれないようなら、大砲だ。そうだ、大砲がいい。大砲をぶっ放そう！

物が少ししかないような状態が早く戻ってきてくれますように！　大地が砂漠のようでありますように！　そうすれば、一頭しかいないこの小さな羊や、二口で食べられるこの小さい桃を高価な価格で売ることができるだろう。あなた方は腹ぺこじゃないですか？　それは結構だ。いくらか多いめの紙幣をください。いとしい紙幣だ！　河の流れを止めることができたらなあ！　水もまた高価になるように状況を整えることができたらいいだろうなあ！　そうしたら水を売ることができるだろう。今では誰もがこの河の水を自由に汲み上げることができるので、どれほど多くの金が失われてしまっていることだろう。

　世界の子供たちの三分の二は栄養が不足している。産院で分娩する女性の三十パーセントは、一週間後には母乳が出なくなる。生まれてくる子供の六十パーセントが母胎のなかで欠乏状態を耐え忍んでいた。地上の男たちのうち四十パーセントが木に実っている果実を自分の手でもぎ取って食べたことが一度もない。百人の人間のうち、毎年、三十二人が飢餓のせいで死亡するし、四十人が飢えていても食事をとることがまったくできない。大地のありとあらゆるところで、自由な動物たちはすべて、空腹を感じたら食べる。金が支配している社会では、二十八パーセントの人間は空腹になれば食べる。労働者の七十パーセントは休息を持ったことがないし、花が咲いている樹木を眺めるという余裕がまったくない。だから、彼らは丘の上を訪れる春というものを知らない。彼らはすでに加工されている製品を生産する。そういう風に止めどもなく彼らが生産する製品の四十パーセントは、人間の生活のなかで意味を持たない。私たちの生活を援助することができる製品の五十三パーセントは、倉庫に保管され、購入されることなく、廃棄され、ふたたび材料になる。それを受け取った労働者は、それで品物を作り、その品物はふたたび破壊される。労働者は、肉体の悲惨と不幸の惑星のなかで全面的に暮らしている唯一の存在である。病院にやってくる労働者のうち、医師が診察して人間の肉体だと認めることができるのは、わずか四十三パーセントにすぎない。肺が今日にいたるまでまだ名前がつけられていない、解剖学上の怪獣のようなものになってしまっているのである。しかし、私たちが、例えば〈肺・工場〉のように、どうしても名前をつけなければならないような怪物は無数にできてしまっている。この四十三パーセントの人間——どう言ったらいいのか分からないのだが、一応、人間と言うことにしよう——、これらの人間についても本当のものはもう何も残っていない。もう心臓も、血液も、視覚も、嗅覚も、味覚も残っていない。彼らは、肉体の悲惨と不幸の新しい惑星に住んでいる新しい住人たちである。野生の動物たちは素晴らしい。狐は、望みさえすれば、二メートルの高さまで飛び上がる。鳥の心臓は驚異である。野生の鴨の肺は喜びであり、鴨にとって並はずれた豊かさである。金銭の土台の上に築かれた社会は、収穫物を破壊し、動物たちを破壊し、人間たちを破壊し、喜びを破壊し、本当の世界を破壊し、平和を破壊し、本当の豊かさを破壊する。

あなた方は、収穫物や、喜びや、本当の世界や、この世の本当の豊かさを楽しむ権利を持っている。つまり、すぐに現在の生活を楽しむ権利を持っているのである。もうこれ以上に金銭の狂気に屈するようなことがあってはならない。

いったん悲惨に包囲されてしまうと、天才的なつぶやきを口にして平穏を保つなどということは私にはできなくなる。私の喜びは、それがみんなの喜びでもあるときにのみ、長続きするであろう。

私は手に薔薇を持って戦闘を横切るなどというようなことは望んではいない。

　牧神に関する見習い期間の終わりに、私はあのケルンを積み上げた。それは私が最初の頂点に到達しかかっていた時だった。そうすることによって私が踏破してきた道筋に印をつけたことになるだろう。ふたたび茂みのなかに出かけていくようなことがあると、私はときどきそのケルンのところまで戻ってきては、そのケルンを見ることによって勇気を奮い立たせたものだ。本当の喜びを見いだす前に、私は自分の人間としての運命を達成し、ディオニュソス的な経験に立ち向かっていく必要があった。

　この『本当の豊かさ』には、私は自分が獲得したありとあらゆるものを記入しておいた。それがまさしく私の豊かさなのである。この豊かさこそ、同志たちよ、私があなた方に手に入れてほしいと願っている唯一のものである。みなさんは喜びについていろいろと私に質問を浴びせかけてきたものだ。私がどういうことが豊かだと思っているのかあなた方が知らないのなら、さらに私があなた方にどういうことを望んでいるのかということをあなた方が知らないのであるのなら、この本はあなた方の質問に対して有効な答えになるであろう。草原や果樹園の平穏に混じり合って、蜜蜂の群れの鎧をかぶっているあの家々の平和のなかで、私がこれから話題にする野原から、毎日のように、ディオニュソスの掟がとどろきわたってくる。そのとどろきを耳にすると、男たちは陶酔したようになって仕事に挑みかかっていくようになる。しかし、あなた方だって、こうした世界に入りこんでいくと、すぐさま喜びを見いだすことだろう。自然な身振りをするという喜びを。

それとは別の喜びも、これから探し続けていくことにしよう。農民ほど頑固一徹な者はいない。すべてが破壊される。それでも農民は同じことをふたたびはじめる。すべてが崩れ落ちる。農民はふたたび組み立てる。農民はもう何も所有していない。手のなかには何も残っていない。ああ！こんな風になってしまえば、もう希望はなくなっているのだろうか？　希望は残されていない。農民の指のあいだですでに芽を出している穀粒はいったいどこからやって来たのだろう？　農民の身体から離れ、畑の上に流れこんでいる種子はどこからやって来たのであろうか？　「畑の上に広がっている空は悪運にもなるし、また幸運になることもある」と農民は言うだろう。私たちにもう何も残されていないようなときでも、私たちのなかにはまだこれほど沢山の資源があるのだ。だから、私たちが何かを持っているような時には、私たちに不可能なことなど何かあるのだろうか？　そして私があなた方に話しているこの喜びは、子供が誕生する時にもまして、希望に満ちあふれている。私とともにリュール山のなかまで同行した人たち、私とともにあの高原で暮らした人たち、私が〈ル・コンタドゥールの仲間たち〉と呼んでいる人たち、彼らにとってこういうことを思い起こすのは難しいことではないであろう。彼らの肩に手を置いて、「さあ、歩いていこう」と言うだけで充分である。彼らはそうするだけの準備ができているということを私は知っている。空や、大地や、道や、森林や、みんなで分かち合うパン、こうしたものはあり余るほどある。しかし、もっと他の人たちとも同じようにこうした富を分かち合いたいものだと、私は思っている。彼らにはそのための準備をしておいてほしいし、足先を道筋の砂のなかに踏み込んだあの走り手にはそれまで蓄えていた力を身体のなかに膨らませておいてほしい。そうして、指先で大地に触れ、肩を前進させ、頭を投げだし、目的地を見つめる。一瞬のあいだの均衡。ついで彼はみんなの前を駆けだすであろう。

こういう理由で、この本には百枚ばかりの写真が収められている［カルダスが撮影した写真が初版には収録されていた］。この世界の表情は、これまた豊かさのあらわれなのだ。この風変わりな作品はでたらめに書かれたわけではないのである。私には全面的な誠実さがいつでも必要である。私は『丘』から『喜びは永遠に残る』にいたるまでの道筋のすべてを一歩一歩たどり直してきた。そこには、私が愛着を抱いてきた野原のすべて、私の身体の肉になっている山や丘のすべて、私の動脈や静脈よりもっと力強く血液を送ってくれている小川や大河のすべてがある。ずっと以前から私はこの仕事のことを考えていた。しかし私はこの仕事をこれまで一度も企てはしなかった。それを成し遂げるためには、技術者が必要であった。しかし、技術者の技術だけですべて事足りるというわけではない。私がその聖なる顔［カルダスの写真］に近付くとすぐに私に飛びかかってくるような鷲よりももっと獰猛であるような感動に私は思いを馳せている。もしも私がひとりなら、鷲たちは小さな草叢の下から飛び立つ。私とともにいる人物が私の兄弟［私と同じくらいに感覚的な人物］でないなら、草は眠ったままである。カルダス［ワルター・ゲリュル＝カルダス、フランスに亡命していたドイツ人画家、その妻ルートは『世界の歌』や『本当の豊かさ』などをドイツ語に訳した］は、街道を歩いて出発するまで、三年間私とともにいた。

私は自分が愛していることを私が愛する人々に提供しよう。街道を歩いている私たちが持っている袋がみな等しく一杯になることを私は願っている。さあ、喜びを目指して歩いていこう。

ジャン・ジオノ

マノスク、一九三六年一月

序文への補遺　『喜びは永遠に残る』の最終章の概要（未発表）

死者となったボビ。その死体は高原に横たわっている。高原はふたたび静寂に包まれている。風に流されている雲は、小さな水晶のような鋭利な形をしている。開けっぴろげの空にはそうした雲の他には何もない。太陽。孤独。鳥たちが死体の上空に集まっている。ジュルダンの庭先で穀粒を食べた鳥たちや、肉食の鳥たちも見える。鴉、カササギ、ハッコウチョウ、ロッシニョル、カッコーなど。鳥たちはこの地方のありとあらゆる地域からやって来ている。河から、谷間から、平原から、葦の茂みから、果樹園から、耕作地から、男たちが雌鹿の狩りをしたあの山から、本のなかで触れられることがなかったはるか彼方から。鳥たちは死体の上空を旋回している。ボビは大地に横たわっている。夕闇。鳥たちは草叢に襲いかかる。狐たちが接近する。時おり、鳥たちは皆一斉に翼を動かして身を起こし、飛び立ち、空に輝いている星たちを隠したり見せたりしながら旋回する。太陽がふたたび現れる。ボビの顔では、頬の皮膚が裂ける。それは口のそばだ。明るい色の液体が傷口から流れ出て、大地を湿らせる。まるで割れた卵のように。草は蝿に覆われている。最高に美しい蝿から青い蝿にいたるまでさまざまな蝿がいる。腹に黒と金色の縞模様のある蝿も見える。蝿の頭には毛がなく、大きな目はまるで眼鏡のようだ。口には、吻管、顎、ペンチのような触覚、鋸のような歯が見える。地面では、蟻たちの流れが近づき、ボビの手や顔や目に登り、口や鼻のなかに入っていく。蝿たちは口のそばの傷口にぴったりと張りついている。ボビには他にも開いているところが何か所かある。昆虫たちがボビの身体のなかに入り、作業をしている。ボビは、目下、〈科学〉のまっただなかにいる。彼は宇宙的な規模に広がっていく。鳥たちがボビに襲いかかり、ボビを引き裂く。大気は熱い。肉は引きちぎられる。高原の遠くで狐たちが吠えている。ボビは鳥たちに覆われている。この前の冬にジュルダンの農場の庭に積み上げられた小麦の堆積のようだ。夜になった。そうすると、狐たちが物陰から飛び出てきて、太腿や胸から大きな肉塊を食いちぎる。野鼠たちもやって来て、柔らかな部分を食べる。地下では、蟻たちが彼らの店の回廊を走りまわっている。そのなかの戦いぶりがかすかに響いている。しかし蟻たちには物音は聞こえない。それに反して、蟻たちは目が見える（蟻たちは紫外線を感知することができるので、蟻の巣は、それがどれほど地中深くに作られていても、私たちの目には知覚できないような光で照らされている）。蟻たちは次々と（しかも何千匹もの蟻が続いている）小さな前足で脳髄の断片を運んでいる。プリズムの七色しか識別できなかったボビの脳髄が、今では、紫外線を識別できる視力を準備しつつある（それ以外のことは何も知らない）幼虫に栄養を提供している。そのそばの地中では、ボビから流れ出た液体がサリエットやタイムの根を潤している。引き抜かれたエニシダの根のうちで最後まで生命を保っている部分にも水分を提供している。すでに、もっと豊かな液体が植物の細い茎のなかを上昇している。そうして葉や花が準備されているのである。根が生命を取り戻す。春になると、それは土を突き抜け、硬くて緑色の茎の先端に生命を与えるだろう。上では、狐たちが食べ終わった。肉で重くなった身体を狐たちは重々しく引きずっていく。そして眠るための茂みを物色している。狐たちにとって、足跡、匂い、通行、道筋、方向づけなどのなかに夜は書きこまれている(その夜のなかに置かれたボビには、孤独しか見えていなかった)。鳥たちは夜の闇のなかを飛んでいる。その嘴は、星が放射する白い棘に似ている。いつも通りの場所に見える水瓶座は、万物の法則に従い、地平線に向かって下りている。朝日がのぼる。満腹するまで食べた鳥たちは、飛び立っていく。肉が鳥たちに活力を与える。すっかり陽気になった鳥たちは、自分たちの楽しみのために飛翔している。じっと眺めてみると、鳥たちはきわめて美しい。空中を自由に飛翔する自然の住人だ。鳥たちはジュルダン農場の上空を通り過ぎていく。オロールの埋葬を済ませ、ボビがいなくなった農場では、人間たちはかつての暮らしぶりを取り戻している。その時、ボビ(喜びをもたらしてくれたあの男は、私の喜びだった)のことを思いながら、ジョゼフィーヌがつぶやく。「あの人はきっと戻ってくるにちがいない」と。そして彼女はこの言葉を三度繰り返すであろう。

日記、一九三四年十一月

I

囚人の心を持って生まれた者にとって、自由が与えられても、それが栄養になることはない。

パリに行くと、私はドラゴン通りの小さなホテルに泊まることにしている。七年間にわたって、私はこのホテルとこの界隈に慣れ親しんでいる。私は、人間がごく自然に根を生やしている場所だけでなく、私の肉体のありとあらゆる表面に根を生やすということの必要性を感じるような体質を具えている。生きていくために、私は根毛で覆われていなければならない。海のなかに咲いているある種の花のように。だが、その花は、山や人間などの固い肉のまっただなかで浮遊していることであろう。

ずっと前から、ホテルの主人、奥さん、彼らの小さな男の子と私は親しい関係を続けている。ホテルのそばに店を構えている新聞売りの男とも親しくなった。疲れた苔のような口髭を蓄えており、ビロードのような目の、青白くて影の薄い男である。瞼がとても重いので、ついには視線が擦り切れてしまい、絹のように細い線が顔に残るだけになってしまっている。その細いシルエットが、通りの空気の流れのなかで揺れ動いている。

ホテルのドアの反対側には炭焼き人のビストロがある。サン＝ジェルマン大通りからホテルにたどり着くと、夜、ドラゴン通りは平穏でほとんど黒いと言えるほどだ。右手には倉庫のドアがあるのがうかがえる。通りの反対側には物売台がある。その台の上には今は何も載っていないが、一日中魚が載っていたために、今でも光っている。多種多様の色彩で輝く鱗の薄片でその屋台は覆われている。ガス灯は二十七番地の上に取り付けられている。通りはいささか腹のような様相を呈している。しかし、ガス灯の明かりは建物の壁に沿って滑り、魚の鱗の上で踊るような動きを見せる。食料品店は店を閉じた。散髪屋も、新聞売りも店を閉めた。店はすべて閉店だ。通りに人影はない。だが、それぞれの商人たちは、魚の鱗のようなものを、彼らのドアの外に何がしか残している。夜、ドラゴン通りに入ると、死滅した物質に取り囲まれているような感じがする。暗闇や、通りや、ガス灯や、歩道などのロマン的な雰囲気を理解しようと私は努める。ありとあらゆる美しいものを具えているパリの無数の通りより、私はこのドラゴン通りが好きだ。ノートル＝ダム寺院、セーヌ河に浮かぶ二つの島、家と家のあいだにあるひそやかな庭園、セーヌ河の上に広がっている空などより、このドラゴン通りが私には気にいっている。だから、通りが死んだような匂いがするのを私は辛く感じる。谷間や山に触れることができるような具合に、私は通りに触れてみようと試みた。私の手のくぼみにはいかなる応答も感じられない。この通りを構成している物質は、もう味覚というものを持っていない。人間がこの通りを遠近法に則して伸ばしてみても、建築の法則に従って積み重ねてみても、何ら得るところがない。この通りには、私には、死滅した物質の恐るべき濃密さしか感じられない。

ホテルの主人はトゥレーヌ地方の出身である。ある日、トゥレーヌ地方を訪問しそこから帰ってきたとき、「ショーモン［トゥレーヌ地方の町の名前］の橋が架けなおされている」と私は彼に言った。彼は奥さんを呼んで、そのことを伝えた。

炭焼き人はセヴェンヌ地方の出身である。彼のビストロのカウンターで私は彼と一緒に飲む。

新聞売りはピカルディ出身だ。ある雨が降っていた夕べ、私たちはアミアンや起状のある平原のことを話し合った。生き生きした部厚い唇は彼が食通であるということの印であると私は気づいた。彼の目はごくわずかしか見えないが、その細い目の光を彼は自在に消したり点灯したりする。彼は新聞を読む。左手の親指の皮膚をかじる。彼はセーヌ河について話すこともできる。しかし、彼がセーヌ河のことを話すと、橋という装具や、宮殿や寺院などの甲冑や、家という衣服などを彼ははぎ取ってしまうというような癖があることに私は気づいた。彼は何も身にまとっていない川のようにセーヌ河のことを話すのである。

食料品店主はピエモンテ出身である。彼はブラッシュ峠［ピエモンテ地方の峠］のことを覚えている。彼は私を店の奥の部屋に招き入れてくれる。奥さんがちょっとしたサロンを用意している。椅子はすべて刺繍をほどこされた布で飾られている。

ホテルの正面にあるレストランの主人はパリ生まれである。

クロワ＝ルージュの交差点に向かっている道路の端にある材木屋はヴォージュ地方の出身である。彼は三種類のやり方で材木を切ることができる。彼の手首の動かし方は今でも完璧で斬新だ。彼が斧に触れると、事情を察知している斧は彼の意図に従う。夜になると、彼が家にいることは絶対にない。私が外から帰ってきたとき、彼の家まで足を延ばし、鎧戸を手で叩いてみたことが何度かある。死んでしまったように生気のない通りについて、彼は自分の考えを私に伝えることもできるだろう。しかし、独身で頑健な彼は、そんなことよりもっと簡単な狩りをするために出かけていくのだ。

詩人たちがこのパリという町について歌ったことが、こうした男たちに何かを訴えかけるというようなことはまったくない。

朝、私はガラス売りと古着屋の叫び声で目を覚ます。窓辺に近寄りカーテンを少し開けてみる。通りの上には、空の深淵が開いている。私はその深さは想像できるが、広がりについては想像が追いつかない。怪物たちの途轍もない生を担っている雲たちの遍歴は、正面にある家の黒い屋根からはじまり、私自身がいる建物の屋根の向こうに隠れて消えていく。この空はのんびり呼吸させてくれない。深淵に対する恐怖と同じように、空は一撃で肺を水没させてしまう。まるで熊手で蟻の巣をかき集めたように人間たちが山積みにされているこの町で、私が驚いていること、私の心をひっつかみ死ぬほどの恐怖をもたらすこと、それはここで感じられる空虚感である。自分が堕落していくように感じられる孤独感だ。ここで暮らしている人物たちの誰ひとりとして自然に関わりのあるような仕事に従事しているとは思えない。都会が彼らに強制している作業の数々が感じられる。彼らの住居を構成している残酷な素材と触れ合うことにより、彼らの外観は歪みを受けている。それがいつからのことなのか誰にも分からないが、自分の足の下に大地があるのをもう感じなくなっているような人物がいるのだ！　足の親指の下のとても敏感な小さな皮膚――精力的に歩きまわる人は、厳しい歩行を繰り返しているにもかかわらず、足指の皮膚を敏感な状態に保っている――、この小さな場所のおかげで、私たちが歩くとき、私たちはさまざまなものを感じ取るのだが、その皮膚がもう靴の革しか、さらにその革の下の歩道しか感じないようになってしまっているような人たちがいる。皮膚が感じ取るものはもう何もないのだ。私の仲間の食料品店に行く女性たちや、サン＝ジェルマン＝デ＝プレのバス停に行くために通りを歩いている女性たちを私は眺める。高い踵の靴を履いていない女性たちもなかには見受けられる。彼女たちなら正常な歩行ができているかもしれない。しかし、彼女たちの足はもう大地を味わうことができなくなっている。その足は、これまで人工的な素材の上を歩いてきたために、魔術的な動脈が脈打ったりするなどということとは程遠く、神々しかったはずの能力をすり減らしてしまっている。死滅しているセメントという素材から、歩みを持ち上げて前に運ぶあの電気を帯びているような柔軟性が湧き起こってくるということはもうありえない。私の前を通りすぎていく女性たちすべてを対象に選び、パリで生まれた女性と、大地の上で生まれた女性を私は間違いなく分類することができる。すでに腰まで死んでしまっているような女性たちも存在する。全身が死んでしまっており、その肉体が一度も世界を体験したことがないような女性たちもいる。彼女たちは、何の意味も持たずいかなる反響も求めることがないような動作を繰り返している。彼女たちはどんな物とも感覚的に通じ合うということがない。そのような女性たちに囲まれていると、私は完璧にひとりである。魚や蜜蜂の世界にいる方がずっと気が楽であろう。そうした動物たちの世界にいると、私自身が発展していくのが感じられるし、物事の本質と私が調和しているのが実感できるからである。

しかしながら、まるで自然の国にいるかと錯覚するほどに、朝の気高い光が東から流れてくる。光線はアカデミー・ジュリアン［私立の美術学校］の上空を斜めに通りすぎ、N・R・F［一九〇九年に創刊された文芸雑誌「新フランス評論」］のかつての事務所の方に伸びていく。そのあと光線は、並木道や遊歩道や通りなどを横切り、セーヌ河を断ち切り、モンフォール＝ラモリ［パリの西方約四十五キロにある町］の方に向かい、最後に大地に到達するのであろう、と私は想像する。

午前九時まで、通りは、仕事に出かける男女のための通路として役立つ。仕事は、ここパリでは、人間の尺度に合っていないし、人間の喜びや人間の心とも釣り合いがとれていない。仕事は醜く、無益で、貪欲なものになってしまっている。人間という素材をすり減らすためにのみ仕事は存在しているようだ。すべてが変質していくという自然の法則に従って仕事が機能しているわけではない。仕事が、人間の労働者としての素晴らしい感覚を活用するということはもうない。仕事は非人間的であり集団的である。何にもまして、仕事は空虚であり無益であるという印象を与える。そして、毎日のように、五十万人以上もの生きている人間の人生の美しさを破壊している。仕事が作り出すもので、優れた品性を具えているものは何もない。私が手で触れている量産された品物は目に見えない欠陥を持っているので、私の指の皮膚はひっかかりを感じ、いらだってしまう。いかなる品物も私の両手を喜ばせてくれはしない。品物の素材は死に瀕している。労働者は美しい品物を作る時間もないし、作りたいという欲求も持っていない。労働者は自分が加工している素材の生命を持続させようという考えはもう持っていない。大抵の場合、労働者にあてがわれる素材はぶざまなものであり、それほど健康なものでもない。労働者は美しいものを作ろうと望んでいるわけではないのだ。早く、安く、大量に作ろうとしているのである。そうした貧弱な製品たちが、私の快適な暮らしのなかに介入したいと遠慮がちに申し出ているのである。しかし、そんな品物が何か快適なものを私に提供することはできない。だが、私はそれらを押し返しはしない。悲しい表情で私はそれらを見つめる。意味もなく、毎日のように、男や女たちを磔（はりつけ）にしている十字架の木材を見つめるように。

　田舎風の衣装箪笥の大きくてつややかな表面に私はしばしば手で触れてみる。仕事の合間にそれを作ったのは村の大工である［家具職人ではないが、いくらかその心得がある大工が余技として箪笥を作った］。

　午前七時から九時にかけてドラゴン通りを横切る男や女たちは、どこかで仕事をするために何かを考えるということもなく足早に歩いていく。はじめの時間帯では、クロワ＝ルージュ交差点からサン＝ジェルマン大通りにいたる人の流れは、重々しい。通りの端までいくと、みんな右折して、バス停の方に向かっていく。バス停はカフェ・デ・ドゥ＝マゴの正面にある。八時頃に、しばらくのあいだ静寂が訪れる。やがて主婦たちがスリッパを履いて静かにやって来る。そのあと、人の流れは反対向きになる。それまではバス停に向かっていた人たちが、今度はバス停からこちらに向かってくる。男や女や若い娘たちはみな〈しかるべき〉制服を身につけている。男たちは地味な色合いの上着あるいは黒い上着を着こみ、清潔なカラーをつけ、きちんとネクタイを結んでいる。大多数の者たちは飾りカフスをつけている。女たちの衣装はいくらか気紛れではあるが、極端に控えめである。こうした男や女たちは〈ル・ボン＝マルシェ〉［セーヌ左岸にあるデパートの名前］に通う勤め人だ。彼らがみな同じ場所を目指してクロワ＝ルージュの四つ辻を横切っていくのが私には見えている。彼らが通過していっても、舗道に彼らの足跡は残っていない。彼らには密度というものがまったく欠けているようだ。彼らは手がぽっちゃりしており、ミルクで満たされ、頬がふくらんだ赤ちゃんだったのだろうと私は考える。彼らは樹木や鳥たちに向かって「おいで」と言っていたのである［今では無味乾燥の人間になってしまっているが、彼らだって、赤ちゃんだった頃は、生に対する欲求は持っていたので、鳥に興味を覚えて話しかけたりしていた］。

　私は、午前七時から九時までのあいだにドラゴン通りを通過するすべての人たちの動きを追跡し、彼らが仕事する場所にたどり着くまで見放すことはない。さらに、彼らが働いているあいだも、私は彼らから目を離さない。私が彼らを見放すことは絶対にない。今、私は彼らのことを考えている。

私は彼らのそばにいる仲間なのだ。私はドアを開き、部屋に入り、坐って働いている男のそばに腰をかける。同じく、坐って働いている女のそばにも私は着席する。立っている男のそばで私は立つ。かがんでいる男のそばで私はかがむ。私は部屋に入り、働いている人に近寄り、そして人生について語る人間なのである。そして、君は自分で言うことができることを何でも、君が内に秘めている希望や欲求など何でもいいから私に言ってくれればいい（私は君がまだ希望や欲求を持っていることを期待している。そして、かりに君が希望や欲求をもう持っていないのなら、私がそれを提供することにしよう）。というのは、私は、身体のなかに、君と同じ身振り、同じ絶望、同じ空虚、身体のなかに同じ死を体験しながら、かつて君と同じように働いたことがある相棒なのだよ。君の親方に私の姿は見えない。だから、私は君のそばに坐り、君にささやく。私は君のところに森林や海や山を持ってくる。君とともに、私は君の事務所の窓ガラス越しに灰色の太陽を見つめる。私はタイプライターのキーボードを叩き、君の仕事を手伝う。私は君とともに下手くそな指物細工を行い、鉋にまとわりついてくる貧弱な白い板を鉋で削る。さらに、君とともに、楢の材木にまがいものの色を塗っていく。君と私は、山のなかの谷間に設置されている製材工場や、あそこにあったあの美しい楢材のことを、一緒に思い出そう。そこでは急流によって動いている丸鋸が楢の幹を裁断すると、力強い香りを放つ材木が仕上がってきた。君がダイヤモンドの重さを測っているとき、私は君のそばにいる。君がシーツや金物や香水や靴や文房具などを売っているとき、私は君のそばにいる。君が本を包装しているあいだ、君が新聞を売っているあいだ、カフェやレストランで給仕しているあいだ、テーブルにこぼれたビールを拭き取っているあいだ、運行状況を調節しているあいだ、バスやメトロやタクシーを運転しているあいだ、河岸でワインの樽を転がしているあいだ、ダンプカーに砂を積み込んでいるあいだ、ガス管や電話線のために溝を掘っているあいだ、通りの舗装工事に従事しているあいだ、手紙の口述筆記をしているあいだ、電話交換台で交信しているあいだ、鉄板を叩いているあいだ、ボルトを打ち込んでいるあいだ、革を切っているあいだ、セーヌ河で艀を操縦しているあいだ、最終版を印刷しているあいだ、いつでも私は君のかたわらにいる。君がモンパルナスのカフェで情事の取り次ぎをしているあいだ、舗道に立っている君の娼婦を見守っているあいだ、外国人を売春宿に案内しているあいだ、倉庫が婦人用トイレの椅子の下に設置されているような麻薬の取次店を運営しているあいだ、私はいつも君とともにいる。

　君がどんな仕事をしていても、私はいつでも君のそばにいる。世界はありのままの君を受け入れており、君には落度などひとつもないので、君は誰にも非難されたりすることはないと私は君に言う。小麦畑や、花の咲いている野原や、氷河や、急流や、ブナの茂っている森林などは、君のために存在しているのであって、そうしたものは、彼らに具わっている純粋さもろとも間違いなく君のものである。それは、それらが聖人たちのものであるのとまったく同じことなんだよ、と私は君に言いたい。

　君が囚われの身になっていることに対して、たとえ君がどういう人物であろうとも、私は君の仲間として永遠に反抗している。たとえ君自身が反抗していなくても、労働のせいで君の反抗する能力のすべてが抹殺されてしまっているとしても、君が悪徳の味に親しんでしまっているとしても、私は何があろうとも君のために反抗的な態度をとっている。そのうちに君も反抗的になるにちがいないと期待しつつ。

　君には私を馴染みのある物のように利用してもらいたい。君の手と慣れ合っている万年筆や鉛筆や、君の身体の線にすでに何度も順応してきている君の日常的な衣服や、文明が君のために作ったものではなく世界が君のために作ったと思われるような物を利用するような具合に。私はいつでも君が信頼するに足りる友人なのだよ。

　君がそのような友人にこれまで一度も出会ったことがないのなら、私を最初の友人と認めてほしい。そして私が歩いている道を一緒に歩いていくことにしよう。

　九時を過ぎると、ドラゴン通りでは、いずれの方向に向かってもそれまでのような規則的な人の流れはもう見られない。サン＝ジェルマン大通りとグルネル通りの雑踏によって平坦な水が揺り動かされているだけである。主婦たちは買い物をしているが、もうスリッパを履いているわけではない。今では女中や家政婦たちの姿が見える。彼女たちは自分のためではなく女主人のために買い物をしている。彼女たちがあっという間に買い物をしていくので、そのことがよく分かる。野菜売りが自分の買い物かごのなかにひと盛りの新しいジャガイモを入れているあいだに、彼女は、立ち止まって歩道の端っこに足を下ろしている自転車乗りと話し合っている。こうした光景が私の窓の真下で展開する。その女性の出っ張った額や、濃い眉や、両端が頬のなかに落ち込み、輪郭がきわだった、いくらか肉厚の口が私には見える。この女性は野菜のことをよく心得ている。商人たちが彼女の買い物かごのなかに入れる野菜を確かめてみることさえ彼女はしない。

正午になると、ホテルの正面にある小さなレストランが客を受け入れはじめる。最初にやって来る客たちはドアの大きなガラス窓の近くのテーブルに坐りこむ。その向こうの陰になっているところや薄暗い奥の方までレストランは長く延びている。十一時半を過ぎると、その部分も電灯の明るい照明で照らされる。十二時半になると、もう少しせかせかしているグループの客たちが到着する。彼らは早くも戸口でつまずき、挨拶もそこそこに中に入っていく。正午に席に着いた客たちは食事を終えているので、紙ナプキンにはパンの破片がちらばり、果物の屑が皿のなかに置かれている。彼らは手をこまねいてはいない。ある者たちは箱に入っている巻き煙草を取り出す。ほぼ全員が同じ箱を取り出している。二種類の箱しかない。黄色の〈マリラン〉と青い〈セルチック〉である。ある男は灰色の煙草を巻紙〈ジョブ〉で巻いている。ここからでも、黒い表紙と薔薇色の紐から巻き煙草用の巻紙綴りだということが分かる。彼らは煙草に火をつけ、二回吸い込み、立ち上がり、ズボンの前の塵を払い、外に出る。パイプで煙草を吸っている者は誰もいない。今日は、外は、正午に特有の天候で、重々しくねっとりしており、影もなく、愛想もよくない。幾人かは大通りに向かって角を曲がり、別の人びとは決然として四辻の方に向かう。十メートルばかり進むと、彼らはためらいがちになる。煙草のなかに潜んでいるごく微細な夢が彼らの歩みを乱し、彼らを町から遠ざけ、一瞬のあいだ彼らを自由にする。そうすると、陶酔した彼らの歩みは舗道をこすり、舗道に密着する。もしも彼らのうちの一人でも野生的な黒いパイプに口を近づけさえしたら、今では私のナイトテーブルの上に置かれているそのパイプはまるでダイナマイトの薬包のように強烈なので、彼は小川のなかにぶっ倒れて、疾走している雌馬たちに満ちあふれた夢を見るであろう。風に吹かれて逃走していく雲や、街道や、帆や、歩みや、歩いている男の周囲で回転する畑の中を走る神々しい車輪などもその夢を豊かにすることであろう。

客が立ち去ったテーブルの上に残っていたパン屑や果物の皮は片づけられた。紙ナプキンは新しいものに替わった。まだ生温かさが残っている席に、すでに他の客たちが坐っている。先ほどまでは別の客の手が伸びていたところに、ひとりの客のパンをとろうとする身振りが空中に伸びる。休まるものは何もない。身振りが及ぶ空間にいたるまで、すべてが極限まで利用されている。手つかずのものは何もない。私たちのところまで来るもので新しいものは何もない。無数の腕や手や脚や太腿や尻や肺や口などによって、すべてが酷使され、利用され、いじくりまわされている。この純粋さの全面的な欠如、そんなことに彼らは気づくことさえないのだ！　しかし結局のところ、彼らにはその純粋さの欠如が必要になる！

私もまたセーヌ通りにある小さなレストランに出かける時刻である。それは荷車引きやペンキ職人たちが通ってくる食堂である。私は注意深く「客たちの奥底に潜んでいる」神秘を読み取ろうとする。彼らは、私がいつも一緒に暮らし愛着を抱いているような人びとの表情と同じような表情の持ち主である。彼らは私が彼らの仲間であるということを認めている。私は内気なので、私たちが会話を交わすということはないが、私たちは勝手気ままに互いの姿を見つめあう。あなた方の過ぎ去った栄華と現在の惨めさのすべてが、あなた方の目のなかに記されている。あなた方は苦々しく自嘲している。あなた方は私を嫌悪すると同時に私に好感を抱いている。言葉にこそ出さないが、私はあなた方に大いなる解放を語りかけている。私が持っている型破りなものすべてのなかに、あなた方は自分が失ってしまったものを認めている。私があまりしつけのよくない動作で食事をしている様子をあなた方は見つめている。ナイフを使って一口ずつのパンをどんな風に切っているか、パンと肉を強く噛み柔らかくしてその旨味を引き出しているあいだ、私がフォークを手に持ったまま、どんな風に自分の拳をテーブルの上に置いているか、私の頭をうしろに反らして私がどんな風に純粋なワインを大きなグラスで味わっているかなどを。「あれは誰だろう?」とあなた方は自問している。それは、私があなた方自身と同じであるとあなた方の心のなかで断言しているものに異を唱えるためである。

というのは、あなた方が、意識することなしに、望んでいることを実現するためには、つまりあなた方を私自身とまったく似たような存在にしてしまうためには、例えばあなた方が暮らしている町を無視するなどという、ほんのわずかなことを実行するだけで充分だからである。みんなが自分の町を厄介払いしてしまえばいいだけのことである。ここで私が仔細に読みとることができるあなた方の神秘は、あなた方の目のなかに隠されている。あなた方の視線は、一瞬たりとも、あなた方が話す言葉に同意していないし、あなた方の身振りを認めていないし、町があなた方に与えてきているあなた方の肉体の形態を受け入れてもいない。あなた方の視線は、あなた方の腕や脚や舌に比べると、あなた方の肉体としての心臓にそれほど緊密につながっているわけではない。視線は、あなた方が重々しくあなた方の内面に持ち運んでいるあの心臓の陰の奴隷になってしまっているのである。そして視線は奇妙な命令［秩序］を反映している。時として、視線の色彩のすべてが、海が風によって荒れるように、混乱することがある。黒い服装をまとった労働者たちの引き潮がふたたび前進しはじめている午後一時の通りをあなた方が漠然と眺めているあいだ、あるいは社会問題について、効果的な武器として重々しい言葉を使ってあなた方が議論しているあいだ、あるいは急に自分の殻のなかに閉じこもってひとりで夢のなかをさ迷っているあいだ、そういうときに、私にはあなた方の視線の色が見えてくる。その視線はもはやあなた方の血に従っているのではなく、あなた方の血の陰に従っているのである。そしてそのとき、あなた方は私のような人間になっている。あなた方は土手の斜面に坐る用意ができている。花々の名前を知っている。私と同じ食欲を感じている。動物たちの名前や色や策略や匂いをあなた方は知っている。あなた方は風の通り道や、山を横切っていく雨の行進や、種子の発芽の時期や、鎌の均衡や、泉の物音や、自由な職人修業期間［徒弟期間を終えて職人になった者が、親方になるまで、親方のもとで働く義務期間］や、生け垣や、辺鄙なところにある農場や、まぐさを運ぶ荷車や、水飲み場や、世界の喜びなどを知っている！

しかしながら、こうしたことはすべて稲妻がきらめくごく一瞬のあいだしか持続しない。

私はあなた方に話しかけたい。あるいは、いつの日か、あなた方に話しかけることになるだろう。

だが、今では、私が身につけたいと考えているような声を私はまだ持っていない。私は待っている。その声が私の内部で着実に準備されているのが私には感じられる。無限に長い時間が必要かもしれないが、その声がすっかり整えられるまで、私は忍耐強く待っている。

それは、私があなた方にとって新たな幻滅をもたらしたりするようではまずいので、あなた方が新たな発見をできるよう私が願っているからである。私は何かの役に立ち、あなた方を案内できるようになることが断じて必要なのである。

子馬のときはまぐさの花のなかでひとりで遊んでいるだけでいいのだが、いったん成長し荷車を引ける赤毛の大きな馬になれば、農場のありとあらゆる人びとを草刈りのために牧場に連れていくようになる。

あなた方の馬になって役立つということ以外に私の野心はない。

そして、あなた方が私を信頼してくれるようになる日が来れば、世界の向こうまであなた方をこっそり連れていけるような力を蓄えておくために、私は肩のなかに大きな翼をゆっくり準備している。

今のところは、トマト入りのインゲンマメと羊の骨付き背肉を食べることにしよう。

*

夕方になると、私はベルヴィルの方に北上していく。ベルヴィル通りと、〈ラ・ベルヴィロワーズ〉［一八七七年に創設された総合文化施設］がある青白くて曲がりくねった無人の通り、この二つの通りが交差する角に私が夕食を食べる小さなレストランがある。私は歩いてそこまで行く。舗道が固い上に、身体が触れ合いそうになる通行人たちを避けるために腰を揺り動かす必要があるので、私は困り果ててしまう。そこで私は足早に歩き、同じ方向に向かっている人々を追い抜いてみる。しかし、彼らを追い抜いてみると、私はもうどうしたらいいのか、何故彼らを追い抜いたのか、分からなくなってしまう。私は相変わらず同じような群衆のなかにいるので、同じような気づまりが感じられる。相変わらず追い抜かねばならない人々が前を歩いているので、私の前に誰もいない自由な空間が現れるということがないからである。そこで今度は、速く歩くのをやめ、投げやりになって私は群衆のなかにとどまることにする。しかし、群衆から私に流れこんでくるのは、好感を持てるようなものではない。人間の不均衡な力が作者不明の状態で作りあげられている現場に私は居合わせていることになる。この群衆は全員が連れていってほしいと望んでいるような何物かに牽引されているわけではない。群衆は、無数の気がかり、苦しみ、喜び、疲労、極度に個人的な欲求、こうしたものの寄せ集めでしかない。それは組織された集合体ではなく、雑然とした積み重ねである。集合的な群衆と私とのあいだに、いかなる類の友情も芽生えるなどという可能性はない。群衆のなかのいくつかの部分と私とのあいだになら友情が成立することはありうるだろう。その群衆のいくつかの構成員、つまり男たちや女たちと私とのあいだになら友情は可能であろう。そのとき、私は彼らだけと出会うという特典を持っている。そうすれば、この群衆の全体は、私には、煩わしいだけの存在になってしまう。もしも私たちが友人に出会うなら、最初に行う行為は、本当に友人に出会った喜びを存分に味わうために、その友人をセーヌ河岸やカフェのテラスや戸口の隅っこに連れていくということになるであろう。

群衆はまるで孤独の権化のようだ。そうだとすると、群衆に魅力は感じられるのだろうか？　不毛なので、あなた方が味わったりすることがないような類の孤独である。孤独とは別離のことであり、距離を隔てていても精神の最良のものが結合しあうといった類のものではない。孤独は調和や神々しい協調などではなくて、抑圧されることにより生じる魂の全面的な沈黙なのである。

この群衆が詩的であり画趣に富んでいるなどと言われてきたすべてのことは、余計な苦労あるいはただの駄弁にすぎない。山のなかの高地にある砂岩の石切場で働いているあの労働者たちが歌う例のシャンソンのようなものだ。今宵、彼は酔っているので、〈トスカ〉のアリアを歌っているが、一昨日、ブラッシュ峠の下の牧草地で横になっていた彼は、ウズラの鳴き声を真似していた。そうするとウズラがその鳴き声に騙されて、寄ってきたのだった。

まとめてみよう。

私を取り囲み、私を運び、私にぶつかっては押してくるこの人たちすべてのうち、〈ラ・サマリテーヌ〉［セーヌ河岸にある百貨店］の前の歩道の上で私を巻きこんで流れていくこのパリの群衆のすべてのうち、もしも明日の夜明けに丸裸の世界に放り出されるとするならば、何人くらいの人間が人生を送るのに本質的な動作を再開することができるであろうか？

誰が、戸外で竈の向きを決めて、火を燃やせるだろうか？

誰が、有毒な植物を避けて、野生のホウレンソウや野生の人参や山の蕪や牧草地のキャベツのような食べられる植物を選んで採集できるだろうか？

誰が、布を織ることができるだろうか？

誰が、革を作るために必要な溶液を探してこれるだろうか？

誰が、子山羊の皮を剥ぐことができるだろうか？

誰が、毛皮をなめすことができるだろうか？

誰が、生きていけるだろうか？

ああ！　ついに、言葉が問題の核心を指し示してしまった！

私には彼らがどういうことができるか分かっている。彼らはバスやメトロに乗ることができる。タクシーを止め、道路を横切り、カフェのギャルソンに注文することができる。彼らは私の周囲でそうしたことを楽々とこなすので、私は狼狽し、怯えている。

ベルリンの動物園のゴリラの檻の前で、ゴリラがテーブルの前に置かれた椅子に坐り、食事が運ばれてくるのを待っている光景を見たときに私は怯えてしまった。同じような怯えを今、私は味わっている。

「紳士のように「ゴリラは待っていた」」私に同伴していた誰かがこう言ったものだ。

しかし、ベルヴィル通りは北にあがるにつれて、私がまとっている光の外套を少しずつ厄介払いしていってくれる。私の目が幻惑されていた多彩なネオンの縁飾りは、勢いを弱め、暗闇のなかに落ちていく。通りに沿って並んでいる食料品店や野菜屋の店先を照らすのは、店の中に灯っているランプだけである。店員は広げていた品物を片づけている。金属色の小さな魚が列をなして光る塩漬けのアンチョビが入っている樽、魚の干物の束、米や砂糖やソラマメなどの袋、パスタの箱など。歩道の端には、露店の八百屋のうらさびれた車が数台眠っている。そこには、果物の皮がぶら下がっていたり、ポワロー［ポロネギ］の尻尾や、キャベツやサラダ菜の葉などがまとわりついたりしている。通りには塩漬けや野菜畑の匂いが漂い、時には香辛料の匂い――鋭い匂いなので人間の平衡感覚をすっかり混乱させてしまう匂い――がたちこめ、また時にはシーツや革やブリキの匂いが充満していることもある。いつでもその通りには、店から漏れ出てくるあの赤い微光しかなく、ところどころにガス灯が灯されている。すでに閉まっている店の前では、通行人は暗くなった通りを歩いていくということになる。ほとんどいつでも、そうした場所では、尻の下に新聞紙を敷いて誰かが歩道に坐りこんでいるのが見られる。

時どき、私は立ち止まり、振り返って、パリが積み重なっている通りの下［南］の方を眺める。そこには家庭が輝き、点在する暗闇には金色の斑点がちりばめられている。遊牧民たちの隊列が夜の谷間に停泊しているように、町の下から白や赤の炎が燃えあがってくる。聞こえてくる物音は、おそらく河や群衆から漏れ出てくるのであろう。しかし、炎は、地獄の炎に似ており、まやかしであり冷たい。下の方の、暗くなっているあのあたりに、私のドラゴン通りがあり、ドラゴン・ホテルもあるはずだ。私がはじめてパリに到着したはるか昔のあの夕べ、どういう風の吹きまわしで私は、じつに不可思議なことだが、すべてを食いつくしてしまう炎に包まれた動物の名前を冠するあの通りやあのホテルを選ぶことになったのであろうか？　火の鱗で包まれた怪物を、ここからだと、私には容易に想像できるであろう。その頭部や、鼻から吐き出される煙や、空に向かって投げ上げられる金色の舌や、背中のいぼなどが見えるし、その内臓の悪臭を嗅ぐこともできるであろう。しかし、もっと黒くもっと真実のものとして見えるのは、肉体的のみならず精神的にも惨めなこの町の様相である。貧弱で平凡な町。過ちと、過ちに対する愛着で満ちあふれている町の姿が、私にはじつによく見える。

通い慣れたレストランで、共同組合〈ラ・ベルヴィロワーズ〉に参加している友人たちに出会って、可能なときには、彼らとともにそこで夕べを過ごすこともある。彼らこそ私がパリで出会う唯一のパリっ子である。時として、私は「自作のなかで」鷲の翼やライオンの爪などを具えた人間しか描写しないといって非難されることがあった。つまり作品に伝説的な巨人たちしか登場させないというわけである。私の方こそ、あなた方に、翼も爪も持たないごく平凡な人間を描写していることを非難したい。あなた方は私の誇大描写を非難するが、私はあなた方に理性の喪失を非難したい。あなた方より私の方が人間の生成ということについてよく理解している。そしてまた、私が生成する人間を正確に見ていないにしても、また私が勘違いしているとしても、少なくとも私は人間の偉大さを信頼しているという利点を持っている。私は、人間たちを世界に結びつけている神秘的な契約に従うよう彼らを後押しして、〈彼らの哀れで小さな腕〉とあなた方が名付けている人間の腕を頼りにして、叙情詩的な生活に立ち向かっていくよう人間たちを激励している。そうすれば、その貧弱な腕にも、英雄的な風が吹き付けることにより、鷲の翼が生え出てくるからである。

私は友人たちや、すぐ横にある木製の長椅子に腰掛けている人々と話しあう。蓄音器は〈中央アジアの平原にて〉を演奏している。蓄音器のネジを巻いた若い植字工は一歩下がり、その場で立ち尽くしている。彼は頭をかしげた。そして耳を傾けている。蝋管の円盤が回転するのを見つめている。私の周囲にいるすべての人々――その界隈の住人たち、その通りの住人たち、運河の方に傾斜しているいくつかの通りの住人たち、さらにいくらか上の方にあがっていく複数の通りの住人たち、そしてそのあと通りは染みだらけで工場のある平地の地平線に達し、そこからトラックの通行する通りへと通じていくのだが――、そうした通りの住人たちのすべてが叙情性と神秘性を渇望している。彼らの背丈に合った領域の叙情性と神秘性。彼らの心に身近に感じられるクラシック音楽。それが彼ら自身の持っている神秘と調和しているということが彼らに分かる――おそらく彼らはそのことを理解していないかもしれない――ような言葉。彼らは自分たちの悲惨を語ってくれる物語は必要としていない。彼らは自分の悲惨をあなた方が理解しているよりももっと徹底的に自覚している。

私は彼らには自分流の話し方をする（それはまだ私が望んでいる通りの話し方ではないかもしれ

ないが、そのうちに望み通りに話せるようになるだろう）。私が彼らに話すすべての物語のなかで、人間たちは鷲の翼を持っているのだということをよく考えていただきたい。私が彼らに語る話のいかなるところにも、悲惨さはない。彼らも私も、悲惨なことは話さないことにしようという羞恥心を持っているからである。かりに私たちがこれまで苦しんできたとしても、またかりに私たちが目下苦しんでいるとしても、その苦しみは誰にも関わりがないし、私たちは誰かが私たちの代わりにその苦しみを語ってもいいなどと許可することはないであろう。私たちはトレドの乞食ではないのだ［何に言及しているのか不明］。私たちの傷は自分たちの力になりうるということを私たちは心得ているが、その傷を誇示しようなどという趣味はまったく持ち合わせていない。あなた方が私たちの傷を前にして道化師のように口上を並べ立てたばかりなので、いっそうそのような軽薄なことは私たちにはできない。それは私たちだけがひそかに処理する権利を有している類のものである。

どういう風にしてポプラの木々の背後では空はいつでも緑色になっているのかということや、また自分の色彩の反映を遠くの地平線まで伝達するのがこの樹木の葉叢の特性であるということなどを、私は彼らに話す。

広大な草原の広がりのなかにひとりでいるとき、人間は自分がひとりではなく、小人の国のガリヴァーのように、無数の王や女王や皇太子妃や騎士や職人たちに囲まれており、自分の髪の毛やくるぶしや手首は断ち切ることのできない無数の蜘蛛の糸によって世界と結びつけられているということを、何かのはずみに感じるものであるということを私は彼らに話す。彼らは私の言うことを聴いてくれる。彼らは私と同じ平面にいる。植字工は〈はげ山の一夜〉のレコードを回転させる。私たちはその音楽に耳を傾ける。ときどき私たちは言葉を交わす。小さなホールの酒場のカウンターに私たちはもたれている。私たちはビールやレモネードを飲んでいる。帰って眠る時刻が迫ってくる。私たちは酒場を出る。「では、また」と挨拶を交わして、私たちは別れる。今ではまったく人気（ひとけ）のない通りを私はふたたび下っていく。角を曲がると、ずっと下のほうでバスが飛び出てくるのが見える。バスはブレーキをかけ、軋み、止まり、振動し、警笛を鳴らし、ふたたび出発する。誰もいない通りは、今では静かである。

*

ジョヴァンニ・ディ・パオロは、砂漠に向かって立ち去っていく聖（サン）ジャン＝バチストの絵を描いた。その行為を表現しようという彼の意思を充分に伝えるために、彼はその絵の下に「サン・ジャン＝バチストは砂漠に向かって立ち去っていく」と記入した。その昔、画家が仕事をしていた――彼はパドヴァの僧院の回廊で描いていた――ときに、突如としてジャン＝バチストのこの行為が火の矢の天啓のように彼にひらめいたと私は確信している。それは、私たちを困らせ、私たちを傷つけるすべてのものを一挙に捨て去り、むきだしの砂漠におもむこうという決意である。私は火の矢と書いたが、今度は弓あるいは火の弓と書くことにしよう。それは空に描かれた弓（つまり虹）であり、橋のアーチ（弓）であり、湾曲した円弧を描いて目標に向かって進むことによって成し遂げられるあの行為である。行為者は上を通過するために飛び越える必要があるのだ。それは、自分が出発するところと、自分が到達しようと目指しているところ、この二か所で支えられているあの行為なのである。両端にある二つの橋台に支えられている橋の場合と同じである。

絵画の左下に、町から出ていくサン・ジャンが描かれている。それは銃眼が施されている壁に囲まれている町であるが、地下室のドアを開ければ町から出ていくことができる。壁の上には平野の小さな花が一輪描かれている。茎は折れ、頭部は萎び、葉は垂れているこの花は今にも枯れてしまいそうである。サン・ジャンの足取りは大股でしっかりしている。左脚は垂直に保たれ、右足は平らに踏み出されている。斜めになっている右脚は、緊迫しており、前進しようとしている。町の地面を押し返す左足指にこの右脚は支えられている。もう少しサン・ジャンの歩行の描写を続ければ、この絵画にあっては不動の場面はどこにもなく、万事が活動している。事実、私たちがこの絵を見つめているとき、サン・ジャンは歩いているのが感じられる。さらに、私たちがこの絵を見るのをやめても、サン・ジャンはいつまでも歩き続ける。真夜中になり、もうこの絵を見つめる者が誰もいなくなっても、また大地が眠っている人間たちという積荷を空の向こうに運び去ってしまっても、それでもサン・ジャンは歩き、「砂漠におもむく」。この男は、瞑想を開始し、そしてこの男は、四十年間の瞑想の年輪を刻んでいる闘技者に特有のあの厳しい表情と肉体を具えている。体形が崩れた肉体。そのなかには、正真正銘の黄金時代の終わりに、大地の凝固作用に際して花崗岩が滴り落ちてかたまるように、関節のなかに重くのしかかっている丸くて大きな骨がある。つまり、何はともあれ、今、彼は立ち去っていく。彼の足もとには、ウマゴヤシやソラマメなどが植わっている区分けされた耕作地や、広大な草原が描かれている。この草原は、絵の右端まで続き、さらに絵の中央あたりまで上昇していく。その草原のなかに彼は入りこんでいこうとしている。ここには、サン・ジャンが歩行中であるとともに内面的悲劇の真只中にいる状態が描かれている。男の痙攣した足の指が町の地面を下に押しやった瞬間に、さらにすべての筋肉を総動員して歩くことに集中している右脚が自分の道筋に向かって男を高く持ち上げた瞬間に、悲劇がはじまった。まるでニジマスの口のように苦々しく残酷で薄い口を具えているこの男は、瞑想的な闘技者を思わせる顔つきを見せている。

草原を横切るようにして、ジョヴァンニ・ディ・パオロは最高に太い絵筆の腹を使って街道を描きこんだ。それは、おそらく楓と思われる樹木が両側に植わっている広い並木道である。その並木道は画面の左から右へと続いていく。町の外に出ていくサン・ジャン＝バチストの足が描かれている左側から、草原が広がっている右側へと、その草原はその方向に向かって無限に続いていくということが私たちには分かっている。そのむきだしの草原に、画家はたったひとりの人間も書きこんでいない。小さな生き物も描かれていない。男も、女も、子供も、馬も、犬も、猫も、鼠も、何もいない。草原にも街道にも生物は見当たらない。それは砂漠だろうか？　まだ砂漠にはなっていない。見せかけの砂漠である。肥沃でねばねばした土地には、ウマゴヤシや、ソラマメや、小麦や、レンズ豆や、稲田や、けばけばしいトウモロコシ畑などが豊かに植わっている。画家が塗りこんだ黄色や、黄土色や、あらゆる緑色など豊かな色彩に彩られている。数本の斜めの街道が、画面の上の方向に向かって、サン・ジャンの道筋を支えており、水夫たちが言うように、サン・ジャンを〈進んでいかせる〉。目的地はもっと上にある。それは画面の豊かさの中央に位置しているわけではない。サン・ジャンは豊かな草原を突き切ってゆっくりと〈進んでいく〉。

私たちには見えないサン・ジャン、画家がこの草原に描いていないサン・ジャン。この草原こそサン・ジャンの悲劇のすべてであり、私たちの悲劇でもある。道路が絡み合うほどたくさんあることの悲劇、道が多数あるためにどの道を進めばいいのか確信できない上に、豊かさが露出しているという悲劇。この見せかけの砂漠を横切ってうまく〈進んでいく〉ことができない者は、移動する砂のなかに埋まるような具合になってしまう。ジョヴァンニ・ディ・パウロが大地の粉末や酒や卵の白身や泥土などのありとあらゆる富を積み重ねた草原、そこを横切っていくそれぞれ孤立した街道には、人の足跡や動物の影や埃の旋風といったものがいっさい見えない。サン・ジャンはそうしたもののなかをあまりに敏捷に歩くので、その姿は誰にも見えない。〈ニジマスの口をしたサン・ジャン〉とか、〈むさぼり食うサン・ジャン〉などと後年になって呼ばれることになるサン・ジャンの姿がすでにここに認められるのである。彼は見せかけの豊かさを荒廃させてしまう人物なのだ。楓が道の両側に植わっている並木道が交錯するなかを縫うように走っている黄色っぽい小径、それこそサン・ジャンが辿っていく道筋である。その小径を彼は通過していく。それが彼の街道なのだ。その街道は荒っぽい。物陰や穏やかな平原に耳を傾けることもなく、その街道は奇妙な岩場の方に突き進む。向こうの方で、草原に沿って見えている町のなかに入っていく。その街道はそこで途絶えるのだろうか？　そんなことはない。矛が猪を貫くように、街道はその町を突き抜けていく。そして街道は町から出る。そこまで行くと、街道は錯綜していた道筋を厄介払いすることができた。岩壁から垂れ下がっている色褪せた土砂の堆積をまっすぐ登っていく。トネリコと白樺できらめいている森林が街道の通行を妨げる。しかし、今となっては、その街道は躍動感に満ちあふれている。矢が鳩を貫くように、街道は森を貫いていく。積み重なっている山々を輪切りにしている大きな斜面に接近する。ここで注意していただきたい。私たちは、今、画面の上部にきている。

町の入口で足指を痙攣させて町を押し返していた、画面左下のサン・ジャン＝バチスト——彼は相変わらず絵の下部で出発をいつまでも準備している——から離れたあと、二メートルもある絵画の端から端まで踏破し、私たちは、今では、画面上部のほぼ中央、やや右と言ってもいいようなところを右側に向かって歩いている。山を横切って登っていく崩落斜面に、サン・ジャン＝バチストの姿がふたたび描かれている。彼は遠近法と距離の法則の埒外にいる。彼は、町から出ようとしているサン・ジャン＝バチストと同じ大きさである。立ち去っていく男はあなた方から遠ざからない。彼はいっそう軽快なだけである。彼の身体はいっそう諧調に満ちあふれ、いっそう柔軟である。立ち去ろうと努力して身体がこわばっているような様子はもはや感じられなく、到達する喜びですっかり力が抜けてしまっているようだ。自分自身を支えにして上昇していく多声音楽のようだ。彼はまるで裏切られることのないユリシーズのようだ。帆船に積みこんでいる風の入った革袋の栓を彼が抜くのは、好都合な風を取り出すときだけである。ユリシーズは、シレーヌ［海の怪物］の誘いに抵抗するために、弦や蝋管に頼ることなく、自分自身の歩みでシレーヌから遠ざかっていった。そして、今、サン・ジャンは画面の上の方にいる。彼は、自分の心臓の鼓動に耳を傾け、鳴り響く太鼓に合わせて踊るような具合に、リズムが要求するがままに動きさえすれば、それで充分である。山々を分割し、山の向こうの地方へと通じていく隘路（あいろ）に、彼は、今、差しかかっている。私たちは間もなく彼の姿を見失うだろう。先ほどちらっと見えてきたものに向かって彼は大きく開いた右手を伸ばしている。見えてきたのは、瀝青（れきせい）、群青、金色に輝いている砂漠である。

*

ベルヴィル通りを下りながら、私はこうしたことをいろいろと考えていた。その通りの後ろや周囲の通りでは最後のバスがまだ数台往来していた。

この時刻になれば、町の喘ぎがおさまるときもある。しばらくのあいだ、光の拍動が静かになる。そのあと、物音が戻ってくる。それは野原でケラが歌っているような軽やかな音である。明るい炎をきらめかせる電灯の列が、下の方にあるシャン＝ゼリゼ並木道通り、グラン＝ダルメ並木道通り、オスマン大通りの交差点、セバストポール大通りの一部分などの輪郭を浮き上がらせている。

蓄音器の円盤の蝋管のように光っている舗道や、走っていく何台かのタクシーを認めることができる。急に沈黙が訪れる。前方遠くの下の方から、速歩で歩いている馬や、鉄の車輪をつけた四輪馬車が走っているのが聞こえてくる。私はほとんど足音をたてずに歩いている。私は物音に注意しながらゆっくり進んでいるが、神秘的な秩序が私の身体に訴えかけてきているので、長い行程の歩行を持続させるために私はそのような足取りで歩いているのだということを心得ている。その足取りは、長距離を歩きはじめるにあたって私の体力のすべてが選択するものである。通りは両側の黒い壁で私を締め付けてくる。商店は閉まっている。窓の鎧戸も閉じられている。店や倉庫のなかで眠っている食料品や加工された製品を私は思い浮かべることができる。樽のなかで眠るワイン、箱のなかの米、箱のなかの砂糖、小さな袋のなかの胡椒、新しい家具、仕立屋の衣装、ドレス、婦人帽子屋の帽子、リヨンのラフォン社の作業服、インドシナから密輸入されてきた火夫の作業服など。靴屋の屋台の近くを通ると、乾いた革と水に浸かっている革の匂いが感じられる。人間の動作にまだ慣れておらず、人間が手を通すのを待っている、誰も身につけたことのない真新しい衣服のすべてが私には見える。衣服は、仕事や、欲求の探究や、戦争に出かける人間たちにつき添っていく準備がすっかり整っている。食べることができる食料のすべてが食べられるのを待っている様子を私は思い浮かべる。町の食料は、住人たちの身体のなかに入ると、血液に変わり、消化されることにより、仕事や欲求や戦闘のための活力を生み出す。

そして、今夜、ヴァンセンヌの方にある長い鉄橋の上で、北の方でも、さらに東の方でも、汽笛を鳴らしている黒い汽車は、間もなく、明日あるいはそのあとに続く日々の消費物資として、貨物駅に、布地や肉や魚や野菜や香辛料などを下ろすだろう。それは労働と欲求と戦闘のために消費される物資である。ここでは、機械が支配する仮借のない法則に従って、万事が動いている。そして、絶え間なく動いている列車が、それぞれの家庭に食料を供給する。生命は、もはや炎の喜びを楽しむためではなく、炎を利用するための活力として、町の住人たちの身体のなかで絶えず燃えている。住人ひとりひとりの生命は物資を生産すべき存在である。彼らの生命はもう合法的な所有者を持つということがなく、誰か他の人物に帰属している。その人物もまた他の人物に帰属し、この最後の人物は町に帰属している。隷属の鎖が途絶えることなく続いていくのだ。そこでは、生産されるものが、喜びや自由を創造するなどということもなく、容赦なく破壊されてしまう。そんなことを際限なく繰り返して、何かいいことがあるのだろうか？　しかし、私だけが通りで勝手に独り言を言っているだけで、私の言うことに耳を貸す者など誰もいない。誰にも私の言うことが聞こえないのである。というのは、この町に住んでいる者は男も女も、この町の身体そのものになってしまっているので、彼らはもう動物的な肉体や神から授かった肉体を持っていないからである。彼らは、シリウスやアルデバランやベテルギウスやカシオペア［以上はすべて星や星座の名前］、さらにその他の無数の星の下で、空転しているあの無益な機械の、ボルト、鋲、鉄板、連接棒、歯車、軸受金、ハンドル、ベルト、ブレーキ、軸、ピストン、シリンダーなどになりさがってしまっている。彼らは、主要な部品のなかの金属製の薄片のようだ。彼らが自由という養分を与えられることはもう絶対にないであろう。そんなことは金輪際(こんりんざい)ないはずである。

先ほどまで一緒にいた友人たちはもう帰宅し、ベッドにもぐりこんでいるだろうと私は考える。すぐに眠りこんだ者もいるだろう。彼らは自分の部屋に戻ったのだ。部屋のなかで、ベッドに入り、マットレスのくぼみにはまりこんだ。そこに落ち着くと、すぐさま彼らは力を抜いた。彼らはまるで小さな子供のようになってしまった。私の友人たちが眠っている部屋、そのかたわらにある別の部屋、その通りにあるすべての部屋、その界隈にあるすべての部屋、町のなかにあるすべての部屋、こうしたものを私は思い浮かべている。薄暗い小さなくぼみ、ベッド、眠っている男、時には男と女、時には子供が見える。三人、四人、五人が眠っている家族の部屋。独り者の部屋。労働者の部屋なら、衣服から汗の匂いがする。そして労働者は鉄のベッドの上で、まるで十字架に架けられているように、目を大きく開いている。しかし彼は休んでいるのだ。病人の部屋では、簞笥の大理石製の天板の上で豆ランプが燃えている。心配事を抱えている商人の部屋では、男と女が背を向けて寝ている。彼らは眠れない。眠っているふりをしている。そしてときおりため息をつく。不幸な人たちの部屋だ。四歳の娘が眠っている純粋な部屋もある。揺りかご。暗い部屋。本物の火が燃え上がっている炎だと思えるような合成された不動の炎によって、まるで猛烈な火が燃えていると錯覚してしまうほど明るく照らされている病院。個室の白いくぼみ、ベッドのなかの熱病患者の黒い斑点、百人の病人や百人の負傷者が収容されている広い寝室。無数の病人たちの神経が交錯している無数の苦しみ。ごく小さなものから大きなものにいたるまでのさまざまな規模の中学、高校、小学校の大寝室。小さな少年少女、大きな少年少女、乾燥した麦藁のような学問を腹のなかに詰めこんでいる男や女たち。そうした寝室は、スズメをびっくりさせるマネキン人形の寝室のようだ。サクランボの木々のあいだに立てられている案山子(かかし)は、サクランボを食べたいという大きな欲求を持っているのだが、炭で描かれた口がひとつ具わっているだけである。ランプの燐光が消えていくにつれて、バーやナイトクラブや夜のレストランに立っていた人々が少しずつ引き上げていく悪徳の部屋がある。そして、彼らはその部屋のなかではもう灰色の泡のかたまりでしかなくなってしまうだろう。それは、海の燐光が夜明けとともに消えてしまい、きらきらと輝いていたものが青白く冷たくなってしまうのと同じことである。

眠りこんでいるこれらの肉体すべての心のなかのざわめきが私には聞こえてくる。眠りのためにこの町全体が巨大墳墓のようになっている今、そして人間たちの脆弱な脳髄に働きかけられるものはもう何もなくなってしまっている今、人間たちの法則にひとり敏感な私には、心臓や脾臓や肝臓や肺の音が聞こえてくる。さらに、世界の法則に従っている血液の干満が聞こえてくる。人間の法則に内臓を従わせることはできない。アンドロメダ星雲を運び去り、町の上空で、アルデバランやシリウスやベテルギウスの輪舞や、無数の星たちを牛耳っているリズムに、内臓は屈服している。現代の人間を隷属状態につないでいる鎖がひっかかっている場所は、小脳の膨らみの先端にある。男は今眠っているので、解放されている。そして、ありとあらゆる人間のなかで、最高度に文明化されている人間、最高度に政治的な人間、もっともアカデミックでない人間、もっとも文明の色合いが色褪せている人間、こうしたさまざまな人間の内部で、彼ら自身が知らない内臓がかすかに唸っている。もしも彼が自分の姿を見たり自分の状態を理解したりできるなら、彼は自分が持っている本当の力に恐怖を覚えるであろう。明日になると、〈彼の世界〉あるいは他の人たちの世界の奴隷として彼はふたたび目覚めるだろう。〈彼の世界〉あるいは他人の世界に、自分が非力なために、彼は従うことになる。

明日、私はここから遠く離れているだろう。

先ほど私が本能的に歩いていた結果、私はホテル・ドラゴンより向こうまで進んでしまっていたということに、今、私は気づいている。私は、どのような人工的な物質の奴隷でもないし、また誰の奴隷でもない。

私は楽々と自分を解放することができる人間である。

私は硬直させた足の指で町の地面を押し返す。この通りにある寝室で誰かまだ眠っていない者がいれば、「あのような歩調で歩くのは誰だろう?　あんな歩き方でいったいどこに向かっているのだろう?」と考えながら、足音が遠ざかっていくのを聞いているだろう。私は自分がうしろに置いてきたものには何の後悔もない。骨折りに値するようなものは何も残していないからである。骨折りに値するものはすべて念入りに自分で持ち運んでいる。私の出発と、私が愛情を感じている人々への親愛の情、両者のあいだに矛盾はない。立ち去っていく人物はかならずしもあなたから離れていくわけではない。彼は出発していくという行為を示しているにすぎない。彼はひとつの例であることを望んでいるだけである。そして、彼は瞑想のテーマにもなりうるし、希望の動機にもなりうるであろう。ジョヴァンニ・ディ・パオロが砂漠に向けて立ち去らせたあのニジマスの口を持った闘技者のように。

II

夜明けの薄明が草原を照らしはじめると、すぐにベッドから抜け出て、自分の孤独を見つめなさい。君の周囲には、君の喜びと君の高貴な労働を支える大地が広がっている。世のなかが沈黙に満ち満ちているとか、人間の物音がしないからといって、不安を抱いてはならない。不安から解放されたら、毎朝、夜のねぐらを目指して遠ざかっていくキツネの物音、ハヤブサのしなやかな飛翔、ヒバリの鳴き声、馬小屋で足を踏みならしている馬の物音、こうした音が君には聞こえてくるだろう。君は大人になることを少しずつ学んでいくのだ。それは、君がこういう大人になるんだよと教えられてきたこととの正反対を意味するということは君にも分かるだろう。しかし、今ここで君に教えようとしているのは世界の叡智なのだ。君自身のことを認識させようとして、はじめから君を君の自然の立場につかせようとする、この力によって君はまず脱線させられてしまうだろう。君は苦悩に満ちあふれた陶酔を体験するだろう。君はもう車輪の中心にいるのではなくて、車輪の中心をはずれたどこかにいる。そして車輪とともに回転している。君が見慣れていた不動の地平線が、今では、まるで宇宙が新たに誕生したのかと思えるほど、君のまわりで刻一刻ぐらぐらと揺れ動いている。それは、今、宇宙が君のまわりで生まれているところであり、その宇宙が誕生と同時に君を連れ去ろうとしているからだよ。君が孤独という言葉を発すると同時に、無数の仲間が君に呼びかけてくる声が君には聞こえるだろう。孤独はかつては恐ろしい言葉になってしまっていた。孤独は万物の境界を想像していた。ところが今では、次第に明るくなってくる空や、飛翔している鳥や、狐たちを引き連れて引き下がっていく夜の闇などに自分がすでに混ざり合っているのを、君は感じるだろう。哲学のさまざまな体系は、君自身を認識するという能力に磨きをかけさせることだけに精力のすべてを注いできた。万事を説明し、万事を君との関わりのなかに位置づけるためになされてきたこれまでの努力の結果、世界のなかで君がじつに誇らしい立場に立っているのだと考えられるようになってきている。自分が車輪の中心であり、その中心からさまざまな現象を担っている車輪が遠ざかっていくような存在だと、君は考えていた。君は当然のことながらその車軸が緻密で硬いものだと考えていたので、君は自分自身も緻密で硬いものだと想像していた。何故なら、想像力は世界を構築していくし、君の限界は君のまわりでいよいよ狭まってきているからである。〈世界の車軸は低い密度の物質によって組み立てられていることもありうるということをのちほど君に理解させてあげられるであろう。〈密度〉というのは、純粋に人間的な概念である。夜の闇を照らすべテルギウスの密度は、大気の密度の百万分の一しかない。風がペテルギウスを駈けまわり、天体の埃がペテルギウスのなかを突き抜けるので、ペテルギウスは嵐や、黒い間隔の平和ですっかり泡立っている。しかしながら、ペテルギウスは天空のなかではまるで黄金の釘のように見えている。）君は君の皮膚のなかに閉じこめられていた。君は次第に不浸透な身体になっていった。君は自分が相当な密度を具えていると得意になっていた。しかし世界の法則は君に屈服を強いることになった。誰だって自分の環境から離れたところで生きることはできない。君は、君の目、君の耳、君の口、君の体力、君の皮膚の感受性を破壊し、君の肉体のありとあらゆる回廊を塞いでしまっていた。君と連絡をとるには、もう君の知性の他には何も残っていなかった。自分を隔離することは死ぬことに等しいと君は本能的に察知し、君は知性を崇めることになった。知性だけが、君を他のものに結びつけることを可能にしてくれるので、その結果、君が存続できたからである。

*

ここで問題になっているのは、人間の悲しさである。知性とは、悲惨でありながら威厳を持っているアンチゴーネである。彼女は男の手をとって現われる。

男は訊ねる。

「私たちはどこにいるのだ？」

「私は見まわしているところよ」彼女は言う。

「何が見える？」

「待ってよ」

「待つのはもうおしまいにしてくれないかな？　私に平穏をもたらしてくれるはずの木立はどこにあるのだ？　お前と神々とでは、いったいどちらがふしだらなのだ？」

「父さんたら！」

「私は目が痛いのに、この蒸し暑い道を無理やり歩かせるとは、お前たちはどんなに淫らなことをしてこの盲人を騙してきたのだね？　私が老人だということがお前たちには分からないのかい。私はすぐに幸せになりたいのだよ」

「不幸な父さん、頬を流れている血がまだ乾いていないわ。新しい血の筋がまだ目から流れ出てくる。誰も責めないでください。あなたは自分の爪で視力［目］を引き裂いたのだから。この埃っぽい夏の午後、父さんの口とそのわめき声の他には、世界で生命を持っているものはもう何もないわ。私が自分の肩を父さんの手の下に置こうとしたわけじゃなく、父さんの方が、身体をよろめかせて私の肩に手を載せたのよ」

「お前は身を守るのが上手すぎるな。これからいよいよ破廉恥な女になっていくことだろうよ」

「不幸な父さん、そんな風に、髭だらけの顔やライオンのような額をあちこち振りまわさないでよ。空から星が落ちてくるように、父さんのまわりに、血が飛び散っているんだから」

「おお！　何と甘美な葬儀なんだろう！」

「父さん、何故、死を呼び寄せたりするのよ？　何故、急に身震いと動揺で身体中がいっぱいになってしまったのよ？」

「私には分からない」

「夜の奥底でみずからの火を揺り動かしている大きな世界のようだわ。私たちは素晴らしい大地の上を穏やかに歩いていた。父さんのいつもの小さな呻き声がかすかに聞こえていただけだった。不意に父さんは『私たちはどこにいるのだ？』と訊ねた。そこからすべてが始まったのだわ」

「いいかい、娘よ。このあたりに私が腰をおろせるような土手があれば、そこに連れていってくれないだろうか？」

「いいわよ。さあ、こちらへ。ここに坐ってください」

「盲人の面倒をよく見ておくれ。娘よ」

「心配しないでいいわ。時の経過とともに、何の努力もしないのに私が自然に身につけた義務ですよ」

「私たちのまわりには何もないのだろうか？」

「世界の全体がありますわ、父さん」

沈黙。

「世界については、おぼろげな記憶のようなものが感じられる」

「それは私が何度も話してあげたことだわ、父さん」

「お前が話すと、いい感じがしないのだよ」

「私が話したのは、いつでも父さんが話してくれと命じたからよ」

「そうだな。私の心の奥底には、自分でもよく分からない情け容赦のない欲求が潜んでいる……。その私自身の獰猛な部分を、もう自分だけで養うことができない。それがどういうことを望んでいるのか、私には分かっている。漠然と分かっているのだ。だけど、しかと確信があるわけではない。欲求が望んでいる方角の匂いを私は嗅いでみたりする。冬になると森の周辺でうろついている狼と同じだよ。だから私はお前に世界のことを話してくれと命じているのだよ」

「どういうことを話せばいいのかしら、父さん？」

「何も話さなくていい。こんなことを言ったのは、どういう理由でお前に話してくれるよう私が命じているのかということを説明しようとしたからだ。私が持っている想い出は、もうほとんど何も記憶に残っていない。オリーブの木が太陽光線を浴びても、何の音も出さないのと同じだよ。しかしその想い出はそれ自身の内部で生命を保っている。すでに生きているんだよ」

「父さんが話しはじめると、そのかすかな喘ぎは、父さんの声にすぐにかき消されてしまうわ」

「お前が私に残してくれる想い出は、まるで死んだ女の手のように、重くて物静かだ。いや、これは私が実際に見た何物かの想い出だ」

「見たですって？」

「そうだ、私の目で見たのだ！」

「父さん、老人に対しては、不屈の忍耐力をもって、肝心なことを言い続ける必要があるということは私には分かっているわ。父さんのおかげで、私には壮麗な知恵を理解するという習慣が身につきました。そして今、父さんは自分の目のことを話しているのね？」

「そう、私の目だよ！」

「父さんが自分の爪でえぐり出してしまったあの目のことなの？」

「そうだ」

「それなら、父さん、何故、父さんにこんな質問をするほど私は誠意を押し進めてしまうのかしら？　父さんは、自分でえぐり取ってしまった目の他には目はなかったということを夢で見るというようなこともできないの？」

「なるほど、お前は誠意をどんどん押しつけてくる。だが婉曲な言い方で私を丸めこもうとしてくれるな。

他にも目があったという夢を見たことはたしかにあるんだよ」

「父さんはふたたびものすごく怒りっぽくなってきた。膝が震えているわ。坐っていなさいよ。髪の毛が逆立っているわ。大きな口にしわがよっている。噛みつきたいのかしら、それとも泣きたいのかしら」

「先を見通すことのできる娘よ、お前がいかほど万能であっても、盲人の想い出をからかってくれるなよ」

「父さん、あなたが私に対して抱いているこの用心深い愛情は、奇妙だわ。私が時として父さんをからかったりするなんてことがあったのかしら?」

「私には分からないよ。お前は計り知れないほどの可能性を内に秘めているからな。お前がごく自然にあらわす感情を頼りにすることは私にはまったくできないのだ。雌羊の胎内にいる子羊のように私のなかで動いているあの素晴らしい想い出が、雌羊が準備している子羊のように繊細で敏感だということだけは知っている。おそらくお前は自分の良心という恐ろしい友情によって私の想い出を殺そうとしているのだろう」

「父さん、私が生きているのはただただあなたを通してなのです。私は心など持っていない方がよさそうです。私はあなた自身のもっとも意地悪な部分で成り立っている必要があるようですわ。

私には知性もいらないようだ……」

「そう、お前の言うことすべてが必要だろうからなあ」

「私はあなたの肉体から生まれてきた憐れな小娘にすぎません。裸足で、寒さに震えていました。太陽は私の首に丹毒の刻印を押したので、その丹毒は私の肩までむしばんでいます。私の動作はすべて苦痛に満ちているのです。私は陰のなかのいちばん奥まったところで暮らすように生まれてきたのです。それなのに、私は父さんに付き添って街道を歩いているんですよ」

男は自分自身に向かって話しかけている。

「これは本当のことだろうか？　私は最良の友を疑っていたのだろうか？」

「そのとおりです」

「お前は私が言っていたひとりごとが聞こえたのか？」

「もちろんですよ」

「随分と小さな声で話していたはずだが」

「私には何でも聞こえてしまいます。あなたの肝臓がもっと怒りを高めろと血液に静かに話しかけている声だって聞こえてきます。さらに、あなたの心臓が蜂蜜のような「甘ったるい」言葉を用意しているとき、唇がその言葉を発音する前に、私にはその言葉が聞こえてしまうんです」

「これほど完璧な博識を具えている娘を持つのは、私にはどうも嘆かわしい状況だ」

「私がただの羊飼いの少女なら、あなたはもっと幸福だとでも言うのですか？」

「お前は何でも知っているのだから、そのことも心得ているはずだ」

「私が王の娘だから、あなたは私を疑っているのかしら？」

「疑うことは何の意味もないだろう、娘よ。どうしても疑わずにはおれないということに私は苦しんでいるのだよ」

「誰がそうさせているの？」

「世界の想い出だよ。雌羊の腹のなかの子羊のように、私の腹のなかで動いているあの想い出のせいなのだ。私は王だったのだから、お前が間違いなく王の娘であったあの時代は惨めなものだった。それとはまた別の時代にも、私は暮らしていたように思える。ところが、今では、お前が何を言おうと何をしようと、お前は足を引きずって街道を歩く乞食の娘でしかない。かつて私は目を、それも巨大な目を持っていたので、色彩や形態がしっかり見えていたような気がする。それこそ想い出であり、欲求だよ。いつでも不意に、ふたたび目が見えるようになりそうな気がする。つまり、絶えず、休みなく、いつも、ぴんと張った弓のように、私はそのことを望んでいるのだよ。私はずっと待っている。突然、弦がぴしっと音をたて、矢が飛び、夜の闇が切り裂かれ、天空が開き、解放された光が河のような湾曲した大跳躍を描いて宇宙のなかに飛びこむだろう。空の大瀑布を飛び越えていくその光のあとを、空に豊富に生息している魚や海藻の一隊が追っていくことであろう。私は待っている。私を窒息させそうな夜の闇のなかに私はいる。私はいつでも、いつでも、いつでも希望を胸に秘めて、緊張している。

私は疲れたよ。私が希望を持てるのは光のことだけだよ。

私は盲目だ。私にはお前しかいない……。

お前が私に話してくれる世界は私が考えているような世界ではない。お前の言うことは信用できない」

「あなたは一度も目を持ったことがないのよ。父さんはこれまで何かが見えたことなど一度もないんですよ」

「目はあるさ」

「ないはずです」

「私が潰してしまった目があったではないか」

「あれは本物の目ではなかったのです」

「黙れ。私を絶望に追いやらないでくれ」

「あなたには私しか頼る者がなかったのです」

「おお、大法螺と屁理屈の怪物だ！」

「世界があなたの罪で暗くなっていた時に、父さん、まるでパラス［ギリシャ神話において少女時代のアテナの女友だち］のように、私はあなたの額から生まれました。私は人間たちの惨めな叡智なのです。あなたの犠牲者たちを数えたのは私であって、あなたの目がそうしたわけではありません。あなたの傷をあなたに見せてあげたのは私であって、あなたの目ではありません。優しさをあなたに教えたのは私であって、あなたの目がそんなことをしたわけではありません。選択を行い別離を実現したのは私です。あなたに威厳を与えたのは私です。あなたに自分の目をえぐり出させたのも私なのです。


あなたが持っていた目のことですが、父さん、あの目に対する評価はいつも訂正しなければならなかったのです。あなたには何かが見えたことなど一度もないのです。あなたは盲目になってから、それ以前よりずっと自由になりました。いっそう真実に近づいてきたのです。随分と大物になりました。あなたの目には七色が見えていました。七色より下と上の色彩を知覚できるようにしてあげているのは私です。私は父さんにそうした色彩を根源的な形で与えているのです。それはリンゴや血のイメージと凡庸に結びついてしまっている緑や赤のような色彩ではなく、真実の色彩です。その色彩は音の本性や、投げ槍の力より百倍も重々しい力を具えているのです。色彩は七枚の鉛の板を貫くことができると私はあなたに教えました。これは美しいイメージではないでしょうか？　音楽は黒い光だということもあなたに教えました。光はひとつの調和であり、その激しい振動は沈黙に到達し光明になるのです。世界は、絶えざる変貌を繰り返していきながら、ひとつの感覚からもうひとつ別の感覚へと通過していくということもあなたに教えました。あなたが世界に触れることができない時には、あなたは世界の音を聞き、あなたが世界の音を聞くことができない時には、世界の姿を見るのだということも。だがしかし、あなたが世界をもう見ることができなくなった時には、いったいどうなるのでしょうか？　世界は消えていったのです。世界はもうあなたの感覚の正面には存在していない。あなたは窓が五つある家の住人でした。ひとつの窓から別の窓のところに休みなく走れば、宇宙の五つの顔の認識を得ることができました。あなたが速く走れば、それら五つの顔は重なり合うので、あなたは大きな顔を知ることができると思うことができたのです。あなたのぎこちなさを見て、神々は笑ったものでした。神々によってあなたは見捨てられた状態に置かれているのですが、その原因をどこか他のところに探し求めたりしてはなりません。神々は、あなたから遠く離れたところで、星々を見事に跳ね飛ばしながら歩いている最中です。神々のあとにつき従うことができない人は、気の毒ですが仕方がないのです。神々は猛烈なスピードで遠ざかっていくのです。

私のことは何とでも非難してください。しかし、あなたに世界を隠しているなどといって私を非難しないでください。計算が間違っていると、それを書いた紙を破るように、『目を引き裂きなさい』と私はあなたに言いました。私はあなたの家の五つの窓を見えなくしました。しかし私は壁を取り壊してしまったのです。あなたの手は果物の重さを測っていました。私はあなたが太陽の重さを計るように仕向けました。あなたは自分の前方を見ていました。誰かが石を投げこんだら水はうねりますが、そのうねりのように流れの速い大きな波のなかにいるあなたに、自分の周囲を見るよう私は仕向けました。そのうねりは非常に力強いので、湾曲している宇宙の全体を一周してしまうのです。あまりにも見事な一周ぶりを見て、私は、あなたが星しか見えないところで、星だけではなく、星の反射まで理解させせました。あなたはフルートの音色を聞いていましたが、私はあなたに被造物の調和を聞かせてあげたのです。

私はあなたが、神々が逃走していくスピードよりもっと速く疾走して、神々を追跡するようせきたてています。どこで、いつ、どのようにして、あなたが神々に追いつけるか、私はほとんど正確に言うことができるのです。あと何日かたったら、私はあなたにそれを教えましょう。あなたが神になる瞬間の正確な日付を伝えることにしましょう。私はあなたの娘です。私はあなたの喜びとあなたの平穏を探し求めているのです」

「母親の熱い胎内で一度も眠ったことのない怪物だ。私を誘惑してくれるな！」

「正当な欲求なのに?」

「女の太腿のあいだから生まれてこなかったお前には、分からないのだ」

「神になるのが、あなたは怖いのですか?」

「怖くはない。ああ!」

「何を怖がっているのですか?」

「私の身体を構成している物質が怖い」

「神々には支えが必要なのです」

「私には、自分がそのなかにいなければならない、このぞっとするような自由も怖い」

「その自由はあまりにも大きいので、自由はひとつしかないというわけではないのです。私たちは同時にあらゆるものになっているからです」

「お前は私を欺いているのではないだろうな?」

「私には欺くことなどできません」

「それなら、聞いてほしい。近くに寄ってくれ。耳元でお前に言いたいことがある。もっと近づくのだ。お前だけに聞いてほしい。私の口の近くにお前の耳を寄せてくれ。そこだ。いいかい。神になることを私は受け入れよう!」

「それじゃあ、さあ、立ち上がってください。急ぎましょう」

「待ってくれ。その前に、見てきてくれないかな。左手の方から、月桂樹だと思う樹木がざわめいているのが聞こえてくる。そのとおりなら、占い師たちはあの木立が私の平和と休息の場所になるのだろうと教えてくれたんだが！」

「あなたは神になることを受け入れたのですか、それとも受け入れないのですか？」

「そんなに大声で叫ばないでくれ。たしかに、私は了承したよ」

「それなら、立ち上がってください、早く」

「あの樹木たちは、まるでミルクのように私を養ってくれそうな声で話しかけてくる」

「私には何も聞こえません」

「私の身体のもっともほの暗い穴倉で……」

「さあ」

「種をまかれ、生み出されたすべてのものの声が……！」

「それなら、私の手を離して、ここにとどまるがいいわ」

「ああ！　私を見捨てないでくれ」

「あの人たちは残酷です。こんなに陰鬱な子牛に私をつなぎとめた人たちは」

樹木のざわめきが聞こえてくる。

男は言う。

「愛情を見つけるのはむずかしい。愛情を見つけるのは不可能だと私は思う。私は大声で叫んで絶望をあらわしたりしない。今、誰か丘の上を通りかかる者がいれば、タイムの茂みのなかに坐って顔を胸の方にかしげている私のことを、昼寝していると考えるだろう。私は、しかしながら、人間の悲しさと闘っているところだ。私がライオンのように吠えることができるのなら、いくらか気持が楽になるだろう。しかし、私にできることといえば、せいぜい、女のように泣き叫ぶか、脚を骨折したときのようにわめきたてるくらいのことであろう。そんなことは何の慰めにもならない。私の本性のなかの何かが正常に機能していないのは確かなのだ。私が自分自身に対して演じているコメディはいつになったら終息するのだろうか？　今、私が死の逸楽を望んでいるというのは本当だろうか？　地獄の広大な茂みはきっと涼しくて心地よいように思われる。私は自分の肝臓や脾臓や胃腸や心臓の心配はもうしたくない。心臓は心臓の形をしているわけではない。本物の心臓は、ヒキガエルに似ており、私の大静脈と大動脈の黒くて大きな枝の下で、すさまじい恐怖をあらわにしてその側面を叩いている。もう希望はない。そして私は、『もう煙草がない』と言うように、もう希望はないと言う。私が希望を信じたことはこれまで一度もない。希望という名のもとに、私は愛情と友情を追い求めてきた。希望という名のもとに、私は男たちや女たちの森林を私のまわりで立ち上がらせた。共通の大きなものを作るために、私は自分の腕を他人の腕に組み合わせた。共通のものを作ることによって、私を他人に与え他人から何物かを受け入れたいという欲求を満足させることができるように思えたからである。私は自分が閉ざされたものであることを止めたかった。私は、回廊のように、あるいは大海のなかの島々にある開放的な納屋のように、開いた状態でいたかったのである。私の腕には皮膚があり、その皮膚が私の限界なので、人間たちの森林は痩せ細ってしまっている。希望は存在しない。私の動脈は皮膚の近くまで到達すると引き返してしまうからであり、また、私が愛している人々の動脈と協力して持続的な運河を掘り進めるなどということは絶対に実現できないだろうと予想できるからである。だから、私はごく簡単に『もう煙草はない』と言うのである。

私はすっかり諦めているので、もう苦しむということさえないだろうが、私が構成されている素材のなかには根本的な欠陥が潜んでいる。私自身の大部分は私の意志の埒外にある。肉体が何らかの活動を行うとき、私の肉体は外部の諸法則に従っている。私の血液は、私のなかをめぐっているということを知らないで、私の身体のなかをめぐっている。私の肝臓が分泌するのは、何物かにそうするよう命じられているからである。ある腺は私に死を準備しているところかもしれない。私がこんなことを言うのは詩情を味わうためではない。私が今いる地点では、死の新鮮さをあからさまに希求したりすることがないよう、自制する必要がある(この陰鬱な喜び以外の喜びは私には思い当たらないので、コメディを自作自演したりすることがないように自制する必要があるのだ)。

身体の内部組織の全体は明確な生命を持っているので、その組織は刻一刻正確に生命活動を行っている。私はその内部組織と関わりを持つ必要はない。私が『私』というとき、私を私自身に従わせる私自身のもうひとつのあの部分のことを言っているつもりである。私を従わせるものと、私を従わせないもの、両者の不一致は、私が置かれている全面的な忍従の状態でさえ癒すことができないような激しい苦痛を私にもたらすことになる。人間には治療法がない。このことを心得ていながら、私が無数の治療法について考えているのはもちろんのことである。苦痛は、治療法の考案者である。また希望の考案者でもある。人間が最大の希望を抱くことができるのは、人間が希望もなくもっとも苦しんでいるときである。つまり、希望は、雨の降っている秋の広大なリンゴの果樹園のようなものである。しかし、美しいリンゴの果実は枝の先で雨に洗われているのである。

私の苦痛が休息を与えてくれなかったからといっても、私が長いあいだ希望を抱かずに暮らしていたわけではない。そして今、私は立ち上がって、ひとりで出発していくべきである。やみくもに。知性が私について来たければ、ついて来るがよい。知性がここにとどまりたければ、とどまるがよい。街道を歩いていくに際して、知性を連れていきたい者は、連れていけばいい。私にはもう失うものが何もない。大革命を起こす人々と同じ状況に置かれているので、何をしても、得することばかりである。

やみくもに、両手を前に突き出していこう。足で探ったり、手で触れてみたりしながら、状況を認識するよう試みてみよう。自分自身を使って、世界が私の敏感な身体のなかを通過せざるをえないようにしてみよう。盲目的にありとあらゆるものに向かっていくのだが、愛情と欲求が途絶えることのないようにしよう。寄せ集めの力、愛情の力であるよう努力しよう。共同社会のなかに入っていこう。永遠に対する私の感覚だけは保持しておこう。私の愛情が、数日で終了してしまうような軟弱なものではなく、毎日持ちこたえることができる永遠の愛情になるために、永遠に対する感覚もまた共通の力となるであろうから。こういうことを心がけておれば、ついに、新しい目が額の下で芽を出すだろう。新しい目は、栗の木の新芽のように乱暴でねばねばしているであろう」

以上が、お前の最初の孤独な日のドラマである。

Ⅲ

今日の正午、私たちがテーブルについていると、セザリーヌが言った。

「ベルトランの奥さんがパンを作っていますよ」

「それはどういうことだね？」

「ベルトラン夫人は自分でパンを作ろうと決心したのです。他の人たちもパンを作ろうと言っています。奥さんが言うには、パン屋で買うのに比べると半分の値段でできるそうです」

「彼女のところには竈（かまど）があるの？」

「はい、ベルトラン夫人の家には竈があります。ほとんどどこの家にも竈はあります。それは真新しい竈ではありません。昔使っていた竈を利用するだけのことです」

私はセザリーヌに言う。

「私のためにひと切れもらってきてくれないかな」

「何を」

「そのパンだよ」

彼女はためらっている。

「何か都合の悪いことでもあるのかい？」

「ああ！　困ることなど何もありません！」

「私がパンを欲しがっているので、あなたにひと切れ渡してもらえないだろうかと彼女に言いさえすればいいだけのことだよ。味わってみたいものだから」

「分かりました」セザリーヌは言った。「大丈夫ですよ。ひと切れだけでいいんですね！」


ベルトラン夫人は私たちの下に住んでいる。家は三階建てではなくて、その家は山の最後の突起部分の上に建てられているので、その結果として、家が斜めに建っている。その家は忠実に土地の傾斜に沿って建てられているからである。私たちが食事をしている部屋は、小さな菜園と同一平面上にある。しかし、ベルトラン夫人の家に行くには、長くてまっすぐな階段を下りていく必要がある。まるで野菜畑の下におりていくような具合である。下までおりていってドアを開くと、土地の上部と泉が見えるようになっている。山があなたと一緒に下りていくから、このようになるのである。

セザリーヌは息を切らして走って戻ってくる。まるでプロメテウス［神々から火を盗んで人間に与えたギリシア神話の人物］の超人的な手柄に成功したかのようだった。

「さあ、どうぞ」と彼女は言った。

「彼女は何も言わなかったかい？」

「ええ！　何も言いませんでした。『もちろん、いいわよ！』と言っただけです」

それは褐色のパンだった。パンの身には大きな気泡ははいっておらず、小さな気泡がむらなくつまっている。蜜蜂が蜜を作ると蜜蠟ができるが、その蜜蠟のケーキを思わせるほどである。そのパンは重い。パンの大きさは私の手ほどだが、手より重い。

私はパンを味わう。しかし、味わう前から、その匂いに感心していた。匂いと同じく味もいい。口蓋のなかを昇っていった匂いは、まるで私がパンの小さなかけらをまだ指で持っているように、鼻のなかに戻ってくる。今ではそのパンは私の奥歯のあいだでペースト状になっているので、私はそれを飲みこむ。

匂いと味が残る。〈小麦〉という言葉がすぐさま意味を持ってくる。メロン、葡萄、桃、杏、果物、新しい果物などというような言葉がそれぞれ意味を持っているのと同じことである。他にもまだたくさんのことがあるが、それらは、伝えようとするともったいぶった口調になってしまうので、表現するのが難しい。そして、そういう表現は私だけが思いつくものなので、安易に口に出すことを私は警戒している。ところで、ここ数日のあいだ、私は『喜びは永遠に残る』を執筆している。革製の下敷きがテーブルの上に広げられていて、二一七頁の中央で中断されている私の書体が見えている。本を書くというこの仕事に従事しているあいだは、いつも誰何する［警戒する］よう心がけておく必要があるからである。長らく歩哨に立っているときには、自分の感覚を信用してはいけないのである。しかし、今回は果物と言ってみたところ、すぐさま果物という概念があらわれたし、それと同時に自分が豊かになっているという喜びも味わうことができた。

まず、そのパンを私たちは二人で味わっている。

「私も食べたい」とアリーヌ［ジオノの長女］が言ったからである。

子供が好奇心を抱くのは素晴らしいということは承知しているが、私より若いし、私ほど疲れてはいないアリーヌは私ほどの喜びは味わえないだろうと私は考えた。しかし私は若さということについてそれほど深く考えていなかった。若さというものは、若さゆえにその味を存分に味わうことができる重要な長所と思われるし、子供と程よく調和することができる資質なのである。

ついで、私たちは三人になった。十四歳のセザリーヌもパンを欲しがったからである。消えてなくなったら大変だとばかりに、ベルトラン夫人の家から坂を登ってくるあいだ、セザリーヌはおそらくこのパンをエプロンでくるんで急いで持ってきたのだ。

彼女は言う。

「お願いします……」

彼女は手を差し出したが、その頬には、パンを要求して恥ずかしいという表情が少しあらわれている。好きなクリームや匂いのきついチーズの場合だと、彼女がこうして要求することは決してないのである。私が手に持っているパンは、依然としてずっしりと重い。そのうちのいくらかを娘にそしてセザリーヌに分かち与える。若さと果実の味が私の口のなかで減少することはないが、私はパンをふたたび手で握る。もちろん、その味覚が増大するということもない。自分が分かち与えることのできるもの［味覚］を即座に提供してきた率直な［裏表のない］パンのようなものなら何でもそうであるように。

そして今、私たちは四人になっている。私がパンの端をシルヴィ［ジオノの次女］に吸わせているからだ。下では、ベルトラン夫人が男たちを食事に呼んでいる。

何かの風の吹きまわしで、このパンは私のところにやってきた。一日のうちには、その日のうちにこなすべき多彩な心配事がすでにあったたし、散歩しながら熟考する時間もしっかり準備されている。杏の木から苔に覆われている壁のところまで、私は囲い地を散歩する。さらに引き返し、また向こうまで歩く。一日は、私の生活のなかでその日に行うべきすべての義務を用意し、その義務を私のところに持ってきて、さらにその義務から私を切り離し、夕方になると私を自由にしてくれる。だが、パンがやって来たので、事情がすっかり変わってしまった。パンが、パンに対する心配事とパンのもたらす喜びを運んできたからである。それに、それは小さな心配事でもないし、小さな喜びでもない。何故なら、私見によれば、パンはとてつもなく大きなことを意味しているからである。

そのパンは、つい先ほどまで別のパン（それは喜びも心配ももたらすことなく、数回食べる分の身と皮だけのパンであった）がテーブルの上に置かれていた場所のそばにある。

つまり、今日のことはあらかじめすべてがはっきりと決まっていた。したがって、数日のあいだ、さらにもっと長いあいだ、万事が規則的な流れをたどるはずであった。ところが、そうはならなかった。ベルトラン夫人がパンを作ろうと決心したので、そのパンが我が家にやって来たからである。そのパンは何の意味もない――私が言いたいのは、他のパン以上のものではないということだ――と考えれば充分だというのは明らかであろう。そうすれば、その日はいつもと何ら変わることのない一日だったし、動揺が生じるようなことは何もなかったはずである。外見上はそうである。しかし、つまるところ、私たちは、今朝、考えるために出かけたように、今でも考えたり熟慮したりすることができるであろう。新しい理由など何もないであろう。さまざまなことが闇のなかで生じていくがままに任せておこう。そして、ある日、何かのはずみで、そうした出来事の結末を知ることになるだろう。それは、おそらく、柔らかい土地の内部に水がほら穴を掘り進んでいるところに、そのあとで力を加えればその土地が陥没してしまうように、万事が私たちのまわりで崩壊するからであろう。あるいは、たくさんの石工や人夫たちが築いてきた家ができあがり、それまで野原だったところに、急に、その家が目の前に見えるようになるような具合に、私たちのまわりで、万事が組み上げられ、構築されていくからであろう。

これはとても重大なことだと私が考えるのは、机の上に置かれている私が今書いている本のなかで利用できるのではないだろうかと思って、野原や、そのまわりにある村々で、私が人間の原初的な身振りを探すようなことが時としてあるからなのだ。農場の中庭や村々の広場では、晩秋の午後が熟れすぎた杏のように赤茶けてしまっていくらか重苦しく感じられるようなとき、そういうときには男たちはニレの大木の下に集まり、馬具の修理をしたり、協力しあって大鎌を研いだりする。あるいは男たちは話し合っているかもしれない。そうすると、彼らが話し合うたびに、その言葉がある種の作業のように感じられることがある。というのは、彼らは、自分たちが大地と交わしているあの結婚という神秘的な現象のすべてをぎこちなく（そういうやり方こそそれにふさわしい態度だと私は考えている）解き明かそうと試みているからである。

そのような原初的な身振り［動作、行動］に出会うたびに、私はそこに注目に値する力が宿っているのを認めた。そこには並はずれた耐久性と並はずれた基盤がある。これほど断固として優れている上に純粋な現象を見れば、私たちはいつでも「男たちはこれを利用するだろう」と考える。たしかに彼らはそれを利用するだろうが、生命すべてに関わる本質的な基礎としてそれを利用するようにはならないであろう。それは、彼らがいつの日か実現しようと考えていることである。ところが、どういうことが起こるかということを予想していると息切れしてしまうのである。それは常に、ひとりの男あるいはひとりの女が行う身振りである。それは強情で澄み切った人間である。〈政府〉というものが存在するなどということを知らない人たちだ。そして彼らの小さな身振りには次のようなものがある。柳の枝を加えて藁を編みこんだ粘土をろくろを用いて大小の壺を作る動作、犂の最初の刃に二枚目の平らな刃を付け加える動作（理性的に考えれば、そのようなことはすべきではないのだが、彼らはそうする。その結果、その動作は絶対に必要だったということが理解できる）、秋になると、まるで散歩に出かけるようにして、雨で柔らかくなっている小高い丘に登るあの機械的な動作などである。土が柔らかくなっている場所のあちこちで踵で掘った穴にどんぐりを埋めておくと、二百年後には楢が成長するであろう。また時には午後に、散歩しながら丘や谷間に五百個のどんぐりを埋めるであろう。さらに公共の土地（所有者がいないのですべての住人に所属するような土地）沿いの街道を散歩しながら、道端にどんぐりを埋めてみることもあるだろう。この小さな動作が、世界のありとあらゆる政府「支配するもの」を破壊することができる（そういうことを考慮していない政府のことを私は話している）。何故なら、純真な人々にとっては、〈支配する〉ということは知ることや愛するということを意味するからである。彼らは羊の群れや馬のカップルを〈支配する〉。さらに彼らは草原を〈支配する〉（国家は町よりもどちらかというと草原で構成されているからである）。

　そのとおり、人々は「さて、これで新しい建物の基礎ができた」と考える。しかし、彼らは純真なので、本能的に世界の秩序に従おうと考えるだけである。だが、彼らは〈政府〉の命令に従わねばならない。政府とは、例えば〈大臣〉と呼ばれている人たちである。大臣たちは、草原（すべての草原）を支配し、すべてを知り、砂採取場、荒れ地、森林、高原、丘、平原、そして泥土地帯などのすべてを自分が操縦しているんだという慢心を抱いている。ところが、草原が〈要求する〉ものだけでも知るためには――そして〈要求する〉ということを農民たちは〈どうしても必要だと強く要求する〉という意味に解釈する――、生涯にわたって草原の上で生活し働く必要がある。しかし、大臣たちはじつに頑固なので、支配しているという考えを彼らに捨てさせることはとてもできないであろう。

そして今、テーブルの上に置かれている、主婦が作ったパンが見えている。私はこれはきわめて重大なことだと考えている。そのパンは見事な重々しさを感じさせ、柔らかく、しかも喜びに満ちあふれている。それは私たちが「笑うのはもうこれで終わりにしよう」と言って、美しい仕事に取りかかるときのようだ。それは多くのものを放棄し、新しいものを創造するということである。あまりにも古いものが、新しく見えたりするのである。「昔使っていた竈を、また活かしてみるだけのことです」とセザリーヌが言うように。そのような昔からの方法をもとにして人間たちの大きな共同体はまず最初は暮らしてきたわけである。それから、共同体はそうした方法を放棄し、現在あるような状態になった。つまり、それはもはや共同体ではなくて、大陸に封じ込められた個人の集まりでしかない。岬や湾や海や山で仕切られている国境を持った大陸は、いわば地理的な総体である。しかし今、私たちはこんなことを議論している場合ではない。以上が、世界のなかでじつに有効に機能してきた、昔から伝わってきている動作である。そうした動作が舞い戻ってきたのである。その動作は相変わらず変わることのない力に満ちあふれている。その力は今ではおそらくいっそう充実しているであろう。そうした動作は、いつも変わることなく頑固な男や女たちによって受け継がれている。時が経過していくとともに、彼らはいっそう頑固になっていくであろう。頑固で、私たちが予想していたよりもっと純粋で、もっと純真である。時間が経過しても、彼らの純粋さが損なわれるということはなかったからである。そしてついに、こうした動作は、もしも私たちが生存することを欲するのならば、逃げ出してしまう必要があるような時期に、到来しているのである。私をほとんど窒息させそうになり、私自身が原初の人間たとえば農民にたちかえるように仕向けてくれるような大きな幸福を味わいながら、私が「これは重大である」と言うのは、こういう理由からである。首尾よく原初の人間になると、私はもう以前のような考え方をすることはない。格好の方法を用いてもやもやしたものを払いのけようとするために、じっくり考えるようになるのである。それは、パンを売るためではなく、自分でそのパンを食べるために、ベルトラン夫人が酵母や小麦粉や水を用いてパンを作ったからである。

＊

テーブルを押しやって、原っぱに出ていく必要がある。太陽は、まるで夏の盛りのように、ふたたび熱くなっている。しかし、午後一時だからこんなに暑いが、四時を過ぎるとまた涼しくなってくるということは分かっている。私がこのところ一時的に暮らしているこの地方［マノスクの百キロばかり北に位置しているル・トリエーヴ地方でジオノ一家はヴァカンスを過ごしていた］の全体に水の流れが停止してしまっているので、大いなる沈黙が訪れている。こうした兆候は夏の終わりを告げ知らせている。このような自然現象を習慣として知っているこの土地の住人たちには、山の上では夜は寒いだろうとか、雪はもう水になって流れ下りてくるのではなく、かたく縮まっているだろうなどということがよく分かっている。物音が大地を駆けめぐるということはもうない。ハンノキはもう動かないし、急流のほとりに生えている長い草も動くことはない。静かな水がほんの少し残っているばかりである。明るい日の光に驚いたニジマスが、石ころが転がっている砂のなかに頭を隠している様子が見てとれる。この時期には、セザリーヌの父親が沢山のニジマスを持ってきてくれるので、食べるだけではなく他にも何か活用の仕方はないだろうかと考えてみたくなる。例えば、緑色の陶器の大きな皿にニジマスを生のまま載せ、花や果物のように、テーブルの上に置いてみるのはどうだろう。そうすれば、鱗に混じり合っている赤や緑や青や褐色などの色彩を眺められるであろう。だが、そんなことは不可能だということが私には分かっていた。

数日にわたって雨が降ったために、秋がどっかりと居坐ってしまった。谷間のなかで太鼓が鳴り響いているような水の音が、今では聞こえてくる。まるで行列がふたたび行進をはじめたかと思えるほどだ。空は洗われている。ところどころに見られる洗剤のような空の青さが、小さな袋に入れられた青くて純粋な石のように、いっそう硬くて青い。他の場所では、空はシーツのように白い。さらに、空はさまざまな性質の青い色を見せている。水に溶かされたような空は、ここでは休息し、向こうでは洗濯場の水の動きにともない少しずつ色彩を和らげながら長く伸びている。そして空全体は、こんな風に、庶民的な清潔さと素晴らしい優しさを見せている。今日の午後、途方もなく強い匂いが漂ってくる。雨が数滴降ったからである。どこから流れてくるのか分からないバターの匂いと、空から流れてきていると思われるヘリオトロープの匂いが、感じられる。黄楊、茸、枯葉、白樺の樹液、雌牛、山、こうしたものすべてが独自の匂いを放っている。そうした匂いは、それぞれ分離された状態で私たちのところまで漂ってきて、自分を主張する。牧草地を歩いていると、自分のまわりにこのような世界が感じられる。そして、胸のなかに吸いこんだ世界は生命と混じり合い、私たちが呼吸を続けるにつれて、その世界は私たちの生命と溶けあっていく。それはもはや先ほどの世界ではなくなっている。外の世界と内部の生命が互いに補い合っている。私たちが樹木を見て、樹木の匂いを吸いこむと、樹木はもう同じ樹木ではなくなってしまう。二つのイメージはもう重なり合わない。何故なら、肺は今日のところ養分を吸いこむ器官であるだけにとどまることなく、同時に世界を認識する器官でもあるからだ。しかし、つまるところ、養分と認識、両者は同じものである。そして、こういうことを考えながら私は牧草地を歩き、時おり、「やあ、ジャック！やあ、ミシェル！　やあ、パスカリーヌ！」などと声をかける。彼らは二番草を刈り取っており、彼女たちは、前日に生まれたばかりの、睡眠と身震いで満たされている子羊を念入りに世話している。そしてまた、私はベルトラン夫人のパンにふたたび思いをはせる。

丈の高い黄楊の垣根で囲まれたプロテスタントたちの小さな墓地の近くを通っていく道を私はたどった。両側が黄楊で囲まれている道の突き当たりで、洗い流された空が午後の暖かい太陽で乾かされているのが見えている。空の色が褪せていくだろう。そして、明日になると空は一面に灰色になり、おそらく木枯らしが吹くだろう。空の下には、もう自分では養分を摂取しようとしなくなっている（あるいは、私たちが考えるより大量の栄養を取っているのかもしれないが、それはともかくとして私たちと同じ栄養を摂取しているわけではない）人々が埋葬されている墓地が見える。そこで、現世の世界の養分に対してもっと注意深くなるべきだろうと私は考える。将来の養分のことを考えて、この世の養分をないがしろにすべきではない。後者は今すぐにでも提供されるのに対して、前者はただ約束されているだけなのだから。その養分を私たちに提供してくれる人物――そういう人物がいればの話だが――に、「ありがたいことですが、けっこうです。別の料理を待っていますので。いいえ、我慢して、空腹のままでいます。このあと出てくるものに期待しているのです」などと言うのは、あまり丁重な態度だとは言えないということは理解しておこう。これは明らかなことである。農民風の良識が役に立つのはこういう場合である。いくらか間抜けな人間になって、知性の問題についてあまり冴えを見せないのがいいだろう。私たちがないがしろにしているのは生命を支える養分である。そんなことをすると、喜びをもたらしてくれる生命を養う養分を無視することになってしまう。もしもその養分を食べなかったら、私たちは死ぬだろう。じつに沢山の人が愛していると想像している人物［イエス＝キリスト］が言ったのはまさしくこういうことである。しかも彼はそういう人たち［生命を養ってくれる養分を無視する人々］の側にいたわけではなく、ああ！　もちろん、そうなのだ、私たちの側にいたのであった。たしかにひとかどの人物であったあの男が間違っていたなどと想像することはできないからである。たしかに、彼は間違っていなかったはずだ。大いにやる気がある私たちに、急にすべてが提供されたのだから。大地のごくささいな割れ目からでさえ、植物の根までもが匂いを発散するものだ。いかに微細なものでも、味わいのないようなものは存在しない。

まずベルトラン夫人のパンがあった。あれがなければ、匂いであり形であり色であり音楽であり、またパンでもある養分のことを、私がこういう風に考えるというようなことはなかったであろう。牧草地や、耕された畑や、カラスムギの刈り取られた株のあいだを、落ち着いて歩くというようなことはなかったであろう。さらに丘に登り、丘から下り、谷を横切り、自分の周囲や上にあるものに注意を引かれすぎないように――周囲や上にあるものへの愛情に包まれて――、足元を見つめながらゆっくりと歩くということもなかったであろう。足元を見つめて歩いていたのだが、それは何かを失くしてしまったので、まるでそれを探して歩いているようであった。

ベルトラン夫人はひとりでうまくやってしまった。それは家族のなかでの出来事である。彼女はおそらくこんな風に言ったにちがいない。

「ベルトラン、小麦粉はどこにあるの？」

そしてベルトランはこう答えたであろう。

「分かってるだろう。いつも同じところにあるさ。誰もどこかへ持っていったりしないよ」

彼がこんな風に言うのは、彼が、その理由は分からないが（いや、その理由はよく分かっている！）、砂と同じように、小麦粉はあるようなないような物だという印象を持っているからである。砂と同じように小麦粉がほとんど無に等しく、誰でも川床から砂を持ってくるように小麦粉を自由自在に手に入れられるなら、素晴らしいことだろう。川が砂を永遠に運んでくるということは誰でも承知していることである。しかし、彼らが言おうとしているのはそういうことではない。小麦粉は金銭をもたらすわけではない、つまり小麦粉は価値を持っていない、だから小麦粉はないのも同然であると彼らは言っているのだ。私たちの社会では、金銭が唯一の価値であり、金銭が唯一の豊かさだからである。

「それじゃあ」ベルトラン夫人は言う。「私のためにその小麦粉を探してきてよ」

ベルトランは探しにいった。

そのあいだに、彼女は捏ね桶のなかに入っていたものをすべて外に放り出した。捏ね桶を使わなくなってから、桶は自然の成り行きで箪笥の代わりをしていたのであった。袋を持ったベルトランが戻ってきたとき、用意がすっかり整っていた。

彼は訊ねた。

「何をしようというんだい？」

準備の状況や酵母の包みを見ればほとんど分かるはずだが、彼はすぐには納得できなかった。それほどパン作りは珍しいものになってしまっていたのだった。

そこでベルトラン夫人は言う。

「パンを作るつもりよ」

彼女は小麦粉を袋から外にあけた。ベルトランは水を求めて外に出ていった。彼が泉に行っているあいだに、彼女はパン作りこそ女の仕事だということを理解した。母性が必要な仕事だと言うこともできるであろう。しかし、それに加えて、パンを作りたく思わせるような誘惑が必要な仕事でもある。こういうことを彼女は、娘たちが愛を理解するときのように、喜びといたずらっぽさの気持が入り混じった心境で、心の底からはっきりと理解した。しかしながら、彼女はもうすでにたっぷり六十五歳になっている。

ベルトランは水の入った桶を持って戻ってきた。

「これでよし！」

「どうして、これでよしなの？」彼女は言った。「ねえ、あなた、どこかで女の人が小麦粉を捏ねているのを見たことがある？　大きな女性なら、大丈夫でしょう。男まさりの女性ならね。だけど、私はどうかしら！」

そして、事実、彼女はまるでコオロギのように小さかった。

「それで？」

「それで」彼女は言った。「上着やシャツを脱いで、その太い腕で、少しやってみてよ」

彼の気遣いがどういうものか分かっているので、彼女は次のように付け加えた。それは誰でもが持っている気遣いであり、彼女もそうしたことを気遣っているからである。しかし私はそんな風に考えたくない。その仕事のすべてを単なる純粋な気持から彼女は企画したのだと考えたいのである。

「安くあがるからね」

彼らはちょっと計算をしてみた。パン屋でパンを買うことを思えば、半値の安さだということが分かった。

「それに、自分たちの小麦粉を使えるしね」

よくない理由が二つ挙げられている［安くあがるということと、自分たちの小麦粉を使えるということ］が、その動機はもっともなのだ。それに、その日は、ずうっと雨が降っていたし、その雨は止みそうな気配がなかった。山の頂上はもう見えなくなっていた。眠りたくなるような光の具合だった。〈ムジュロン〉［安ワイン］を飲みパイプをふかすためにフランシスクの店に行くことの他には何も考えられなかった。ベルトランは上着とシャツを脱いで、こう言った。

「分かった。やってみよう」

ベルトラン夫人は夫のために小型ランプを灯した。家のなかの奥底から捏ね桶を引っ張り出してきたが、そこはほとんどまっ暗だったからである。そして、ともかく彼はやりはじめた。

彼は練り粉のなかに両腕を突っこんだ。湿り気が充分か、あるいはまだ足りないか、彼は練り粉の状態を感じ取った。このことに関する知恵のすべてが彼の内部で目を覚ました。どうすればいいのか、彼には分かっていた。父や母の動作を思い起こし、自分が子供だった頃に耳にした物音を思い出した。祖先たちの動作の轍（わだち）のなかに自分の動作を重ねてみた。私たちは自分が想像するものが社会を救済するための発明品になったりするなどと考えたりすることもあるが、人間に関わることで新しいものは何もない。闘いを挑んでも無駄でしかないような秩序が存在するのだ。私たちは世界の法則に従う必要がある。その法則は、ベテルギウスの運行も、男たちの精液の振動も同じ手でつかさどっている。社会的なことは、自然的であるより他にありようがない。

たった今、ベルトランはこう言った。

「それ[彼女]を注ぐんだ」

彼は「この小麦粉を注ぎ入れるんだ」と言っているのである。彼はもう彼女[小麦]の名前を言わない。彼は小麦に対して〈彼女〉と言う。まるで何か卓越したもの、生命を支えてくれるような重要なものに呼びかけるように。［小麦という語(Farine)は女性名詞なので、ベルトランは小麦のことを彼女と呼んでいる］

彼らがこうしているあいだに、他の人たちは〈生産量を割り当て〉たり、〈自然を歪め〉たりしている。河の泥土のように無料で大地のあちこちに豊かにあるはずのものを、彼らは割り当て、引きとめ、コンクリートの壁のなかや小麦用の大きな金庫に押しこめる。彼らはしまいこみ、大きなドアを錠前で閉じる。「ああ！ ついに、これで安全だ。これは金だ。来年あるいはもっと先になれば金になるだろう。だが、今のところ、とりあえず私は安心だ。閉じこめてあるからな！」彼らはこう言う。地球上で人々が自分を犠牲にして必死にパンを得ようとしているあいだに、彼らはこんなことを言っている。例えば銀行員になり紙に数字を書きこむことを、私は自分を犠牲にすると表現する。それは私自身が十七年ものあいだたずさわっていた［高校を中退したジオノは、一九一一年から、一九二九年に作家として立つ決心をするまで、銀行に勤めていた］ことであり、当時の私には、午後四時の田舎の色彩がどのようなものなのか分かっていなかった。それはまた、例えばボブ君のようにルノー社で実習生として働くことでもある。十日間私といっしょに暮らすために山のなかにやってきた彼は、工場に戻らねばならないと思い、泣いている(十六歳のボブ君は、五人兄弟の一番上であって、この割り当てられた小麦をいくらか手に入れるために車の板金工場で青春を失わねばならない)。他にもたくさんこうした人物がいる！　もちろん、食事をしていないので空腹を抱えており、仕事がないので働けない人たちのことをあなた方は指摘するだろう。ここで、私は余談に入るために、牧草地を歩くのを止めて、一枚の紙と鉛筆を手に持ち、すぐさま考えておかねばならないことを記しておきたい。まず、私は働くのが好きではない。仕事は栄光ではなく、義務である。現在の人間にとって仕事が少なくなっているのは、機械が働いてくれるからである。しかし、小麦あるいは生きていくための食料が、河の泥土や海の砂のようにいくらでも豊かにあって無料にならない限り、機械は、人間たちや、喜びや、均衡や、機械がそこから生まれてきたはずの文明などを殺してしまうだろう。ああ！　そうなると、私たちを取り巻くさまざまな物事が一変してしまうことであろう！

しかしながら、食事をとらない人々のことについてこれから話すことになるだろうが、つい先ほどは、私はそのことを話したくなかった。〈生産量を割り当てる〉ということはまだそれほど重大だったわけではない。まだ希望があったからである。「いつか、彼らは民衆の悲惨を理解し、純粋で天真爛漫な私たちのところにやってきて、ドアを大きく開いて、『飢えている人たちよ、食べてください』と言うだろう」と考えることができたからである。私たちはこう考えることができた。私たちは、自分が純粋で天真爛漫であれば、どんなことでも考えることができるからである。次のように考えることもできたはずである。「私たちはドアを開くだろう。私たちはドアを打ち破るだろう。私たちは小麦を食べるだろう」と。つまり、先ほど言ったように、まだ希望があったのである。ところが今では、もう希望は存在しない。あの二つの希望［金持ちたちが寛容になり食料を解放することと、金持ちたちの家のドアを打ち破り小麦を食べるということ、つまり社会的〈革命的〉解決法］はもうないが、もうひとつの希望［小麦がふんだんに生産されるようになり、その価格は下がるが、その小麦を使って自分でパンを作ることができるという希望］はあると私は言っているのだ。他の人たちがやっている仕事のなかに入っていく前に――そのあいだに、ベルトランは家の奥の薄暗いところでパンを作っている――、そうだ、世界の人間で十人のうち七人は飢えていても食事ができないし、これまで飢えていても食事をしてこなかったし、自分の妻や子供に食事をさせることもできない、と言っておく必要がある。このことと同時に、〈生産量を割り当てられた〉小麦を金（かね）に、つまり資本に変貌させることがもうできないということに気づいたとき、他の人たちがどうするかということもここで話しておくべきであろう。それに、小麦は何故金にならないのだろうか？　小麦がありすぎるからである。あまりにも安すぎるからである。もう売れないからであり、つまり、喜び、喜びの涙なのだ！［パスカル『メモリアル』への言及］。小麦が河の泥土や海の砂のようにいくらでもあるようになってしまったからである。そこで、彼らは〈自然を歪める〉ことになる。

さて、私は歩く必要がある。楓の茂みまで歩いていくことにしよう。白樺の樹皮に触れてみよう。山の上にかしいでいる秋の空を見るのだ。青くて白い洗濯物を洗う洗剤のすべては、その向こうの空がまだかしいでいるようであれば、谷間のなかに流れていくだろう。

その言葉は私の内部にある。私はそれを言い、またふたたび言い、その言葉が物質的になるまで、また私がその言葉を理解し、その姿が見えるようになるまで、私はその言葉を二十回も私の考えのなかを、二十回も私の唇のあいだを通過させてみる。〈自然を歪める〉という言葉を！　彼らはきっとこの言葉を意識せずに使ったのであろう。充分に意味も分からないままに彼らはこの言葉を使ったはずだ。そんなことは考えてもみなかったのであろう。決着をつける日、こんな言葉を使い、こんなことをやってきた彼らに対して、人々が憐みの感情を持つなどということが考えられるだろうか！　私はただ私たちだけのことを話しているのではなくて、大きな天秤（てんびん）を使って彼らを裁くことになる人物についても話している。その人物を彼らは愛している、と彼らが言っているものだから。それでは、彼らはそのことをどのように考えているのだろうか？　その人物は、「世界は私の父の作品である」と言ったのだから、あるいは、彼らが何よりも独占的に愛しているのはお金だということを彼らが明白に認めているのだから、対象が何であれ彼らが自然を歪めていることをその人物は許すだろうか。そして、もしも彼らがそのことを認めないにしても、彼らはすべてのことを馬鹿にしているということが私たちには分かっている。また、彼らが食べなければ、彼らはくたばるということも、さらに、その人物がパンの増殖を行ったならば、そしてそれこそ彼の仕事だったのだが、私たちには教会に行き、教会維持献金を差し出すということ以外のことは要求しないでいただきたいものだ。こういうことは素晴らしいことである。しかし、私たちの王国はこの世にある、と彼らは言っている。

そこで、彼らは小麦の自然を歪めてしまう。彼らは小麦を食べられないようにしてしまう。彼らは小麦をメチレンブルー[染料、消毒剤]といっしょに桶のなかに放りこんでしまう。それは組織的に行われる。大きな倉庫がいくつも並んでいる。かつて農民たちは水車小屋に行っていたのだが、今では農民たちは荷車に小麦を積みこんで倉庫にやってくる。ドアの前に歩哨として、命令を伝えるための森林監視官が配置されている。メチレンブルーは無料である。国家がそれを無料で提供しているからである。国家は森林監視官も無料で供給する。国家が、自然を歪める人物に給料を支払う。彼は公務員である。彼のもとで会計係が働き、明細書が作成される。そこには〈収穫高〉のグラフが記載される。彼らはすっかり頭が狂っているので、それを〈収穫高〉と呼んでいる始末である。

「首尾よくいっている。一日で二万五千キロも収穫するようになってきている」などと彼らは言う。そして、まるで何かを創造したかのように、彼らは満足している。彼らを許せないのはこの点である。何故なら、彼らは創造することはなく、破壊しているだけなのだから。彼らは一日に二万五千キロの小麦を破壊して喜んでいるのである。当然のことながら、彼らがこうしているあいだにも、この国の片隅では、小麦の自然が歪められている沢山の倉庫の周辺で、飢えで死んでいく大勢の人間たちが、風に打たれる森林のように、呻き唸っている。時どき、樹木たちは倒れ、大地に横たわり、ミミズたちの餌になる。そしてごく自然に、間もなく、そうした人々のなかのもっとも恵まれた者でさえ、葉叢も鳥も喜びも失ってしまうだろう。間もなく、もっとも恵まれた者――私たちが正確に庶民と呼んでいた人々――でさえ、力も勇気も失ってしまうであろう。何故なら、庶民ではないあなた方、豊かで力を持っているあなた方、つまり国家、社会、あなた方の社会、あなた方の社会問題などを背負っているあなた方にとっては、食べるとか食べさせるなどということは重要な問題ではなく、あなた方のただひとつの気遣いは、金を生産させるということにあるからである。そして、ついには、もっとも恵まれている人間たちのなかの、例えば農民たちや、私たちのなかの優れている者たちでさえ、すっかり堕落させられてしまって、こんなことを言ったりする始末である。「俺はもう小麦は作らない。小麦の種はもう蒔かない。何の収入にもならないからな。売れないんだ。今ある小麦はニワトリに与えよう。豚小屋にもばらまいてみよう」などと。ひと昔前では、小麦はとても貴重だったので、人々は、偉大な霊的品性と同等なものとして、神に小麦の豊作を祈っていたのであった。罪に対する許し、誘惑に対する抵抗、災禍からの解放などと、小麦の収穫を同列に置いていた。そうしてあなた方の祈りはかなえられていた。毎日食べるパンが与えられると、あなた方はこう叫ぶようになった。「私たちから豊作を遠ざけてくださいさい。飢饉を蔓延させてくださ い。アーメン！」

しかし、あなた方はもう私たちを欺くことはできない。ベルトラン夫人がいなかったら、ベルトランは他の男たちと同じように振る舞ったであろう。しかし、今では何か新しいことが生じている。

彼は言う。

「小麦粉を注いでくれ」

そして彼は自分の小麦粉が美しいということを見てとる。

＊

ベルトラン夫妻は二人とも、何か生命が宿っているものに向き合っているかのように、その作業の上に身をかがめている。彼らがやっていることには、心遣いが必要である。その作業はひとりでに成長していくようなものではない。私たちが愛している子供が、私たちに骨折りを要求するのと同じである。両腕を練り粉のなかに投げ入れ、それを持ち上げ、ふたたびそれを落とし、そのたびごとに、洗ったばかりなのでまだ少し湿っていて重いシーツを折りたたむような具合に、手を動かす必要がある。練り粉が落下し折りたたまれるたびに、桶は軋み、呻き、鳴り響く。

斬新なのは、彼らが自分たちの最初の条件を見いだしたということである。ここまでたどり着くために私が歩んできた道筋のすべて、その道筋を、ここにいる彼らもまたたどっていく必要があった。現代の世界は、彼らを物質から遠ざけ、彼らには物質の経済的な表現しか示してこなかった。彼らは自分たちの仕事の論理的な到達点をもう知ることはない。彼らが知っているのは資本主義の到達点だけである。今、無私無欲の行いを可能にしてくれるような本当の豊かさを彼らは発見している。他人のことを考える余裕を提供してくれるこの豊かさが、無尽蔵だからである。つまり、私たちは自分の小麦のすべてを食べるなんてことはできないからである。また、小麦はそれ自体では何の価値もないので、私たちは小麦を他人に与えることができるからである。彼らは、今、物質と直接に触れ合っている。彼らにとりついていた例のうわべだけの知性を彼らは一挙に厄介払いして、単純明快な境地に戻ってきている。その境地もまた知性である。二度にわたって、私は異なった二つの事柄を表現するために同じ言葉を使っている。それはごく単純なことに、本当の知性と偽の知性があるからである。本当の知性と偽の知性があるように、偽の豊かさと本当の豊かさがある。

「私のためにそのパンをひと切れもらってきてくれないかな」私がセザリーヌにこう言ったとき、セザリーヌがためらいを見せた理由が今の私にはよく分かる。彼女はごく最近に生まれたばかりの少女で、自分が世界と同時に生まれたのだということが理解できるほど歳をとっているわけではない。彼女が覚えているのは自分が生きてきた十四年のことだけである。つまり彼女は一九二一年に生まれたのだ。それはちょうど私たちの現代社会の基盤が、嵐の最初の風を受けて、喘ぎはじめた時代であった。私たちが揺るぎがないと確信していたものが、まるで船の甲板のように、私たちの足の下で揺れ動いたのである。私たちは間もなく自分たちの生活のために闘う必要があるだろうということを感じとった。そして、その時以来、この少女はそうした危機をはらんでいる社会の教育しか知らないでいる。しかも、その教育は、危機が大きければ大きいほどそれだけいっそう厳しいものであった。何故なら、人々はいつでも同じ駆け引きによって危機を切り抜けられるだろうと想像しているからである。

そこで彼女はこう言った。

「あのパンなのですか！」

そして彼女はためらった。私は彼女に言った。

「何か都合の悪いことでもあるのかい？」

「ああ！　困ることなど何もありません！」

しかし、私が欲しがっているのはほんの小さなパンの塊だけだということを理解したときに、やっと彼女は決心することができたのであった。

学校や、社会生活や、家族の暮らしや、通りの人々の暮らしや、村の人たちの暮らし、こうしたものを通じて、彼女は偽の豊かさの保存や豊かさの経済といったものにあまりにも慣らされていたからである。彼女の父親や母親にはお金を儲けることは難しいし、さらに何がしかのお金を貯めるのはもっと難しいということが彼女には分かりすぎていたからであった。だから、ベルトラン夫人のパンをもらいに行くということに関して、彼女はそれは何か途方もないことだということがやはり漠然と分かったのであった。「もちろん、彼女は私にパンなどくれないだろう。パンを欲しいなど、頼む筋合いのことじゃないわ」と彼女は考えた。パンはお金よりずっと美しく、ずっと豊かなものだと彼女は理解していたのであった。

だから彼女はためらった。気はすすまなかったが、ベルトラン夫人の台所まで下りていったのであった。そこにパンは置いてあった。おそらく赤茶色の大きな丸パンがテーブルにのっていたはずである。髪を振り乱して、息を切らして、彼女は走って戻ってきた。まるで神々からまだ火が燃えている燠を盗んできたとでもいうような様子だった。

本当の豊かさが大きければ大きいほど、その豊かさはいっそう途方もないものであり、それを提供できるときにはいっそう多くの喜びを味わえるものだということを、彼女はまだ理解していなかった。何しろ、彼女はまだ十四歳だったのだから。

ベルトラン夫人はごくあっさりと彼女にこう言ったのであった。

「もちろん、いいわよ」と。

*

この壮麗な秋の夕べ、牧草地を横切りながら、こうした事柄を私はあれこれ考えている。そしてついに太陽が姿を現した。その太陽は、霧の天井の下まで身をかがめている。羊の群れが休息しているアルシャ山と、ラ・タゼルの岩壁のあいだに、今、太陽は滑りこんでいく。その太陽は辛辣で赤い。太陽の光線が輝くのと同時に風も吹いている。赤い翼の羽ばたきによって朽ち果てていく下草の匂いを舞いあげる沼地の鳥のように、風は地上をかすめながら飛翔している。私の周囲に見えているこの世界の断片は、魔法のような立体感を見せている。光は人間の高さにある。牧草地のごく小さな湾曲まで陰に満たされ、もっとも丸い草の波まで太陽の光を浴びて泡立っている。樹木たちは互いに離れ離れになっている。茂みのなかに生育し、互いに接触し合っている樹木もその例外ではない。私たちはあらゆる葉を見ることができるが、じつにおびただしい数の葉があるものだ。さらに、茎や、枝や、太い枝や、幹なども見える。何物も漠然と混ざり合ってしまうというようなことにはならずに、明晰な生命が、どのような小さな細部にもはっきりと現れている。

相棒たちが道や街道について親しく説明してくれる。彼らは、私が道に迷わないように、次から次へと辿るべき道を指示してくれる。彼らは私と同時に、フェール山の斜面からサン＝ミシェル山にいたるまでの範囲で、この地方に暮らしている。私は彼らすべての姿が目の前に見えている。私が相棒と言っているのは、ここでは楢や白樺や楓のことである。あそこでは、ナナカマドや柳である。その向こうでは、栗の木でありポプラである。もっと向こうにはリンゴの木がある。リンゴの木々は、緑色の土地に規則的に植えられている。さらに向こうには五葉松があり、太い楢は向こう側の斜面を登りはじめる。さらにもっと向こうには、樅や、落葉松（からまつ）や、青いスモモの木で囲われている牧草地がある。さらにその向こうには薄暗い森林の大きな集合体があるのだが、それは非常に遠い。そして、私もまたこうした土地の全体で暮らしている。私はこのプレボワの草原にいるだけではなく、「想像力によって」自分の足よりもっと素早く歩くことができる私は、同時にありとあらゆるところに存在している。私はあらゆる匂いを嗅ぎ、あらゆる形態に触れる。この木立、この牧草地、この葡萄畑、このカラスムギや大麦や小麦などの切り株、私はこうしたものすべての住人である。私はありとあらゆる道や、その道の生け垣の住人である。

私はすべての村に入り、蹄鉄工の作業場の前に立ち、作業の様子を眺める、あるいは指物師の作業場や大鎌を研いでいる人物の前に立つ。その研ぎ師は、小さな鉄床(かなとこ)を地中にめりこませて、頭が平らな金槌で大鎌を叩いている。私はありとあらゆる村に入り、「泉はどこにありますか?」と訊ね、その泉で水を飲む。私は「火はありますか?」と訊ねる。そうするとパイプのための火が提供される。私は訊ねる。「小麦の実り具合はどんなものでしょうか? 二番草ですか、それとも三番草ですか?」そうすると、「ああ! 二番草です。土地が痩せているので、三番草まではとても収穫できません。」私は村に入り、「旅籠はどこにありますか?」と訊ねる。私は旅籠に入り、話し合っている人々のそばに坐る。今宵、私は、この広い地方のありとあらゆる村、つまりサン゠ミシェル、プレボワ、サン゠モリス、ラレ、トレミニ、サン゠ボディーユ、モヌチエ、こうした村の旅籠という旅籠に同時に入り、話し合っているすべての人々のすべてのテーブルに坐る。村の司祭館や小学校のそばの住人、食料品店の正面の住人、あるいは農場や小作地や納屋(プレドゥロ、ラ・コマンダント、リュフィーニュ、ヴェール゠シエ゠レ゠プリュヌなどという名前の納屋)などからやって来た人々、こうした人たちはみんなそれぞれ善良な農民である。彼らの住んでいる村は、畑や樹木や風や森の音や高い山々の軋みなどにたっぷりと浸りきっている小さな村だからである。

この土地の農民であるあなた方のことをとりわけ私は話題にしている。よく言われるように、あなた方は私の地方の人間だと思われていないのだが、私の地方というのは、あなた方が暮らしているあらゆるところを指しているということを指摘しておきたいからである「あなた方の地方は、つまり、私の地方なのである」。この土地にいる私たちは、プロヴァンスとアルプスの境界に位置しており、デュランス河が山の大きな石ころと同時に大きくて善良な山人（やまびと）の精神を運んでくる谷間からそれほど隔たっているわけではない。堅実さ、率直さ、確実さが住人たちの行動のなかに認められる。ここに住む人々の品性、この土地やここに生えている草や樹木の品質、水源の水の味覚、こうしたものをすべてひっくるめてデュランス河が私のところまで運んできた。それは、デュランス河が水とともに運んでくる植物の種子のなかに入っていたり、あるいは高地の男や女たちを私のところまで連れてくる下降していく谷間の招待状のなかに入っていたりする。そうすると、そのあと、彼らは私たちの土地にとどまり、そこで子孫をもうけることになる。谷間によってかき混ぜられるあなた方は、あなた方が知っている土地はあまり肥沃ではないので、自分の土地にそれほど縛りつけられることなく、それと意識することなく世界の秩序に従っている農民である。あなた方は世界の秩序にきわめて従順なので、あなた方の家族は、低い方に流れていくという河の意思に従い、もっと低地の畑に種子を蒔き、その土地の女たちに子孫を産ませるであろう（風が持ち運んだり、河が流れとともに持ち運んだりする種子のように）。つまり、いたるところ私の土地なのである。

だから、私はあなた方と一緒にいるとき、世のなかにあるありとあらゆる河や川や小川が交錯するところで、その場所がどこであろうとも、私の土地にいることになる。あるいはそれは、水や、砂利や、泥土や、種子や、人間や、農民の偉大な文明（そういうものが通過すると、山が削られる）などを運搬していく街道の通り道かもしれない。あるいは、谷間と谷間が交差するあらゆる四辻かもしれない。あるいは、山の精神と農民の精神が合わさって船乗りの精神（とは言っても、すべては同じものである）が形成されてきた海辺に見られる磁器のような、あの半透明の人間たちが人種の洗練の繰り返しの成果として生産されてきている河口や三角州かもしれない。間違った豊かさが深耕され転覆されるところならどこでもいいのだ（最高に狡猾な豊かさでも、それと気づかれないものがある）。ちょうど、休耕地を深耕するように、人々はカモジグサを引き抜き、すっかり枯れてしまうのを待って、鉄製の馬鍬ですくい上げ、積み重ね、そして焼いてしまう。以上のような場所のいたるところで、私はまるで自宅にいるようにくつろいでいる。この大地の住人であるあなた方は、私があなた方の仲間であることを認めてくれるであろう。そしてすぐさま、あなた方は鷹揚で不動の知性でもって私を援助してくれるはずである。

私には本当の世界の向こうにある知性を駆使して検討する必要がなくなってしまった。その種の知性は説明できない事柄を私に熱意をもって説明してくれるものであるが、あまりにも巧みに説明してくれるので、前に進んでいけばいくほど、それにつれて万事が後退していってしまうのである。あなた方の流儀に従って、私は純粋な武器を使って人間の苦悩に立ち向かうことにする（そして、ベルトラン夫人も、やはり純粋な武器を使って、人間の隷属という問題に立ち向かいはじめたばかりである）。あなた方の同業組合は多産であるとともに孤独でもある。あなた方は喜びの本当の理由を心得ている。もしも私たちがまだその喜びを掌中にするにはいたっていないとしても、その喜びはすでに私たちのすぐそばまで来ている。素晴らしい世界が目の前に展開しているこの場所で、喜びは私たちのすぐそばに控えている。

Ⅳ

こういう風に、『喜びは永遠に残る』を執筆していたとき、私は森のなかをさ迷っているような状態だった。あちこちから人々が呼びかけてきたが、白い雌馬を追っているボビ［『喜びは永遠に残る』XVI参照］の心境を味わっていたので、私にはそうした声がほとんど聞こえていなかった。さまざまな出来事がこうして過ぎていった。私はふたたび自宅に戻り、平穏に仕事を続けた。そして、ある朝、物語が完成したので、私はそれをパリに送った。

原稿は郵送する必要があったからだ。あて先がグラッセであろうと他の出版社であろうと、荷車にいろんなものを積みこんでみんなで田舎に出かけるような具合に出発するなどという勇気はなかなか持てないであろう。ところで、あて名の住所はサン゠ペール通り［パリの出版社グラッセがある通り］やその他のどこかの通りではなくて、例えば、某小集落だったり、某村だったりして、樹木の茂みや大地のなかに埋没しているような場所だったりすることもあるだろう。そうすれば、原稿が目的地に到着する前に、たくさんの小麦畑や楢の木陰を迂回していくであろう。そしてまた時には、パイプをふかしながら、重い黄楊のステッキを頼りに歩いて、自分の詩を持っていくのは詩人本人だというようなことになるのかもしれない。しかし、小径であまりにも多くの人々と交差し、あまりにも多くの旅籠で長いあいだ立ち止まったので、世界とうまくやっていくためには原稿のすべてを変えるよう求められることもあるだろう。生きている世界は、絶えず変貌を続けており、決して同じ状態にとどまっていることはないからである［出版社がパリではなく田舎にあれば、郵送などせずに、のんびりと原稿を歩いて持っていけるのになあ、などとジオノは夢想している］。つまるところ、機械的で自動的になってしまっているもののなかに、生命を注入することがとりわけ大切なのである。

そこで本［原稿］は郵便物として立ち去っていった。私たちはもう古きよき時代にいるわけではないからである。そうすると、すぐさま、私は自分がいくらかひとりきりだということが感じられた。

私はこの山のなかの地方に舞い戻ってきた。すべてがしかるべき場所におさまっているのを見いだした。樹木は樹木としてあるべき場所にあるし、人間たちも人間として存在すべき場所にいた。しかし、人間たちの場所には多少の修正が施されていた。今回は、村にとどまるつもりはなく、黄楊のステッキ（つい先ほど詩人のことに触れたときに述べたステッキである）をついて街道を歩いていくつもりであった。ジュルダンやオロールやボビと一緒にグレモーヌの高原を散歩することはもうできなかった。ボビは私のなかでは死んではいなかった（ボビが誰にとっても死んでいるわけではないということは周知のとおりである）。大地やその他のこうしたもののすべてを小荷物にまとめ、それを友人たちに送った。送ってしまったものが、今では懐かしく感じられる。それが長いあいだ私自身の所有物だったからである。そこで、私はトリエーヴの大地をあちこち散歩してみたところ、かつての知り合いのすべてと再会することができた。昔からの友だちで、トレミニの最後から二つめの集落で旅籠を経営しているP夫人を訪問した。それは山のなかにかなり入りこんでいる集落で、その向こうにはかろうじて数軒の家があるだけで、そこはル・セール（Le Serre）と呼ばれている。岩壁や奔流のあいだの狭窄部（resserrement、ルセールマン）に家が建てられているからそう呼ばれているのであろう。彼女は家族の変化のすべてを教えてくれた。結婚や誕生や死亡について話したあと、彼女はこう付け加えた。

「ああ！　あなたがここにやって来られるようなことがあるとしても、今ではもう北風を恐れることはありませんよ」

「あなたは北風に対してどうしたんですか？」私は言う。「ル・ラチエ山の頂上を持ち上げたのですか？　それとも、もしかしてサン＝ボディーユから流れてくる谷間を塞いだのでしょうか？」

「何とでも言ってください」彼女は言う。「だけど、あなたが外出したときは、熊より大きく着ぶくれするセーターを着こんでいたでしょう」

その通りで、私はそのようなセーターを着こんでいたのを覚えている。それは森林や山のなかを走りまわるためではなく、集落のなかをうろつくための服装だった。蹄鉄工の作業台の前に立ちつくしたり、大きな門扉のある農場の住人ジェレミと雑談したりしたものだ。馬に似て顔が長いジェレミは、鼻先に鉄製の眼鏡をつけており、集落の住人すべての来歴や自分の家の歴史を詳しく知っている人物である。彼は木を割っていた。私は彼のそばで薪を並べていた。動作の少ない作業である。北風が吹いてくると、身体を衣服で覆う必要がある。この年は、英雄的な秋だった。遅ればせの雷雨がとどろきわたっていた。北風が到来するとき、その北風が二十キロも向こうに位置しているのに、早くもその音が聞こえてきた。音が聞こえてから、実際に雷雨が接近してくるまで五分もかからなかったのは事実である。

「そうだった」私は言った。「ジェレミが話しはじめたが、私にはその半分も聞き取れなかった。残りの半分はシャトー＝メアの耳が聞いていた。それほど激しい風が吹きつけていていたというわけだ」

「だけど、あんな風にして、あなたはクアッシュ親父さん(これがジェレミの通称名である)と一緒にいて、いったい何をしていたのですか?」P夫人はこう言った。

「私は話していたのですよ」

「まさしくそのとおりでしたね」彼女は言う。「あなたがここに来られるようなことがあっても、今ではもう北風を恐れる心配はないのですよ。ふたたび竈(かまど)に火をつけましたからね」

彼らがふたたび火をつけたというのは平凡な竈、共同の竈である。その竈は村の小広場に設置されている。どうしたらあれをうまく描写できるだろうか。あの共同の竈がどういう風に築かれているかということをどうしたら理解してもらえるだろうか、などと私は考えていた。世間から見捨てられているこの小さな集落にいる私は、この土地の事情を心得ているし、さまざまなことを見ているし知ってもいる。ずっと昔、万事がとても素朴だった時代にあの竈が築き上げられたということを私は知っている。昔は、余計なことをあれこれ追究するなどということはなかったのである。そういう事情がよく分かる。あれはギリシャの寺院とまったく同じである。しかし、私がこんなことを言うと、私はあなた方に勘違いさせてしまうかもしれない。「そんなことはありえない。ギリシャ寺院はあまりにも美しすぎるではないか。彼は作り事を言っているんだよ」こう言う人々がいるだろう（しかし、断じてそういうことはありえない。こんな時に作り事を言ったりすることはないのである）。また、私の言うことを信じながらも、ギリシャの寺院はこれまであまりにも喧伝されてきているので、やはり間違ったことを考えてしまうような人もでてくるだろう。彼らはこの言葉のまわりに無数の既成のイメージを思い浮かべるだろうが、そうしたイメージはすべて間違っているであろう）。私がそれはギリシャ時代（ああ！　このギリシャ時代という言葉も大層なものになってしまっている）のものであると言いたがっていると彼らはおそらく考えるだろう。断じてそういうものではない。それはもっと最近のものでありながら、同時にけっこう古いものでもある。要するに、それは農民風の構造物なのである。

それは野生的な無骨で正確な構造物である。その建物は合理的にできており、余分な石はひとつとしてない。それはその土地や空がもたらす可能性のあるあらゆる天候と全面的に調和している。それは方向がしっかり決められている。食料と生命が頼りにしているような作業が行えるように決められている。二つの理由で方向が決まっている。まず、煙が竈のなかで〈ふたたび膨れる〉ことがないよう煙突の通風をよくするために、屋根の軸は北東と南西向きの線に沿って作られている。（西以外のあらゆる方向から風が吹いてくるこの地方では、このような角度が最良である。しかし、例えばプレボワの竈は真南に向いている。真北にあるエブロン川の谷をさかのぼってくる風にさらされているプレボワは、奔流が流れている急峻な岸辺によってそれ以外の方角の風から守られているからである。）方向が決まっているもうひとつの理由は、竈を利用する人たちを寒さから守らねばならないということである。パンを作りながらどこかの建物のなかに入っていけると考えてはならないからである。そういうことはありえない。この構造物、それは竈なのである。

竈は、四方の壁の内側の場所のすべてを占有する。人間たちは戸口にとどまる必要がある。ここには、仕事と人間とのあいだに序列が存在する。燃え盛る火とパンだけのために空間が設けられている。入口は竈の入口であり、それは炎に直接向き合っている。その開口部はかろうじて五十センチ四方くらいである。開口部は丸みを帯びた砂岩によって閉じられる。縦向きに筋がついたその砂岩は、周囲とうまく接合するので、貯水槽の栓のように密封することができる。その戸口からなかに入るのは柴の束と、竈用に作られた長いへらの先に載せて中に入れられる冷たい練粉状態の大型丸パンだけである。男も女も、死を望まない限り、そこには入れない。そこに入るには本当に死ぬ覚悟が必要であろう。このあたりの田舎では、まずは若さのせいで、さらに、他の者たちにとってはそんなことが重要だと認めることはとてもできないような感情の激しさのせいで、村人たちが死にたいと思う（そして実際に死んでしまう）ことも時にはある。ここで他の者たちと私が形容した人間たちは、誕生する前からすでに若さというものをすっかり喪失してしまっているので、彼らが自分で、つまり自分自身の高揚感から何事かを行うということができなくなってしまっているような人たちである。農民の男女を死に追いやる（そこには恋愛がからんでいる場合が多い）こともあるこの種の高揚感は、彼らを竈［の炎］に向かわせることは絶対になく、普通は井戸［の水］の方に向かわせることになる。火というものは、あまりにも気高い神であり、火が人間を歓迎することはない。水はもっと優しい。まずはじめのうちは、優しい。あとになると、水は無慈悲な残忍さの数々を発揮することになる。高揚感にうながされた時に男女が追い求めるような残酷な成果を、火は、あなた方の肉体に向かってすぐさま投げつけてくる。その結果、あなた方は後退する、本能的に。だから私は火の方が優れており、陰険でないと考えている。火を使って自殺するということについては、そういう事例はインドやアステカの人たちのような昔の人種のところでしか見られない。それは自分たちの哲学や宗教的な残酷さのせいで心身が乾燥してしまうほど衰弱した人々の場合であり、彼らの頭の頂点にはもはや聡明な球体が残っているだけなのである。そういう人々は――さらに彼らに似通っているような人々は――、竈の入口をこじ開けて、火の神秘のなかに入っていくことができるのである。この土地で暮らしている男や女である私たち――私はあなた方に似ているはずである――は農民でしかなく、自分の聡明さのおかげで輝くなどということはない。あなた方も私もそんなことはないはずだ。哲学者たちは私たちに無駄話をして時間をつぶすだろう。私たちの皮膚は随分遠くからでも寒さや暑さを感じ取ることができるので、私たちは竈の庇(ひさし)の下にとどまって、パンを焼くことにしよう。その方が快適だし、またそれが人間としてもいっそう論理的である。

こうして、男や女たちは竈の庇の下にとどまっている。この庇自身も、寺院[竈]全体をどういう向きにするかを決めるにあたり念入りな検討を要求するものである。パンの練り粉がいっぱい入っている長い〈籠〉を架台の上に置くのも庇の下だし、パンを竈に入れるのもそこからだし、パンが焼けるのを待ちながら人々が時間を過ごすのもそこなのである。人々は竈に背を向け、秋の霧が眠っている野原の方を眺めることになる。雲が出ているために、山の姿が見えなくなっているので、景色が均一になってしまっている。大地の上にあるそれぞれの物体に対して、あれは樹木だとか、ジャン・レーヌの家だとか、楢や楡だなどと言う前に、じつにさまざまな多様なことを考えることができる。楢も、楡も、家も、樹木も、その地方全体が霧に包まれてしまっているからである。身体は熱いし、時間はたっぷりあるし、心は安らかである。そこでは美しい作業が穏やかに自動的に行われているからである。時間の余裕はあるのだから、人々は自分のことに没入し、心置きなく夢想にふけることができるのである。

そこには、自然の労働がもたらしてくれる素晴らしい喜びがある。そこには束縛は何もなく、すべてが人間の尺度で行われている。だから、人間は自分の時間を自由に使うことができる。その時間には神が宿っている。

「思い出すわ」とP夫人が言う。「私のお爺さんの頃もこういう風にやっていたのだわ。今では、だから、北風なんて怖がる必要はないのよ。ほとんどすべてのパンは竈のなかに並んでいる。あのパンは誰かさんのもので、あのパンは別の誰かさんのものだ。あれはみんなが寄り集まって行うのにふさわしい仕事よ。みんなで〈一般に〉（彼女は〈一緒に〉と言いたいのである）やっているので、結構楽しいのだわ。みんなはあそこにいて煙草をふかしたり、話し合ったりしている。それじゃ、あなたもあそこに行って、クアッシュ親父さんの話でも聞いてくればいいわよ」

そこで私はそこに出かけていった。そこに行けば、自分が知りたいと思っていることが見つかるのは確実である。人々が話すことに耳を傾けメモをとったり、メモをとりながら眺めたり、あるいは獲物を捕らえる猟師のようになったりする、つまり〈利用するために〉そこにいることによって見つかると思える（そんなことを思うには、私は自分を誤解する必要があるだろう）というのとは事情が違うであろう。それに、そのようなことを期待するためには、この土地の人間たちとは異なっている別の種類の人間になる必要があるであろう。つまり彼らの外部で暮らしている存在になる必要がある。ところが私は彼らと同じ部類の人間である。私は彼らがいろんなことを行ったり言ったりすることの内部にいる人間である。私も彼らと同じようにごく自然ににじみ出てくる誠実で素朴な態度で振る舞い、話す。そうしていることは意識もせずに、村人たちがやっているように私は振る舞っている。そうではない。私は平和を見いだし、彼らと並び、竈に背を向け、霧によって均一化されてしまった光景を眺めるためにそこに出かけていく。そこでは、大地のあらゆる物体は無数の表情と無数の声を持っている。

彼らはその地方のことを私に話しはじめた。その集落の男たちのすべてがそこに集まっていたからである。それに、P夫人が言ったとおりだった。その上に彼女もそこにやって来て、竈に背を向けて村人たちのなかに混じっている私の姿を確認したわけである。鍛冶屋の女房の気配も感じられる。彼女はまだ竈のところに来ているわけではないが、向こうにある自宅の台所で火かき棒を使っている物音が聞こえてくる。だが、彼女はやがてやって来るだろう……。格子のついた小さな窓からこちらを見て、私たちの姿を認めたら、彼女はやって来る。そして彼女がやって来たら、トレミニの最後から二つめの集落の住民のすべてが揃うことになる(私も含めてのことであるが、私もこの集落の住人だと言うことができるからである)。彼らはその地方のことを私に語りはじめた。彼らが話しはじめると、すべてが変化し、すべてが真新しくなる。この地方はこういうものだと私が心得ていたことがすべて転覆してしまった。私は住民たちの習慣や生活のことや、住人たちと野原のあいだに成立していると思われていた協調関係のことを、今ここで問題にしているのである。

すべてが転覆してしまう。それは地震のやり方ではなく、ゆっくりと氾濫していく河のやり方によってである。河は、太陽の光をさんさんと浴びていた大地を水で覆い、今日は柳の林まで明日はその向こうまで、さらにその翌日はもっと向こうまでという風に氾濫の水域を少しずつ広げていくのである。それこそ完璧に農民のやり方である。

私が霧を見つめているあいだに、彼らは話をする。そして次第に、霧を眺める代わりに、村人たちの口から出てくる言葉という照明が当たっていく村全体の光景を私は眺めるようになる。周囲にある五つの村で、さらにこの地域の境界に位置しているポルト峠の方の遠くにある六つめの村でもついに、共同の竈に火がつけられたと彼らは私に言う。この最後の村は、農耕がかろうじて可能な広大な土地にほとんど接しているほどのところにある。これらの村のすべてにおいて、農民たちはベルトラン夫人と同じように考えた。つまり彼らはすでに金(かね)から小麦に切り替えはじめたのである。それ自体は別に大したことではないが、それだけでじつは充分なのである。すでに彼らは曙光にすっかり包まれている。彼らは四方八方から差しこんでくる光で照らされているのである。人間の本当の規模、本当の偉大さ、本当の優秀さを彼らは認め、理解しはじめている。光線がどこか一方向からしか差しこんでこなかったので、暗闇のなかに埋まっており、彼らには充分に見えずまた理解することもできなかったことのすべてに、今では照明が当てられている。彼らは光に取り囲まれているのである。

それまで、彼らは、生きていくために、命令を待つという習慣に従っていた。今では彼らは、自分たちの意思を尊重して、誰の考えを聞くこともなく、謙虚に生きていこうと決心してしまった。そうしてみると、本当に万事が明るくなってきた。まるでマッチとランプが見つかった時のように、家のなかがぱっと明るくなってきたので、必要なものを探すために手をどこに伸ばせばいいのかということがついに分かってしまったのである。一軒の家よりもっと広大な住居に夜明けの黎明が行きわたる時に、夜の闇の泥の下に世界が暗く閉じこめられていた場所に、谷間や河や丘や森が生きる喜びを満面にたたえてその姿を現してくるのと同じような現象である。

何を失い何を獲得するかを知ることは、もう死活問題ではなくなっている。以前はそのことが毎日の死活問題だった。自分たちには何も理解できない神秘的な揺れ動きに毎日が左右されていたのだった。分かっていたのは、その揺れ動きが、椅子に坐っている鑑定家たちによる一種小麦の法廷のようなものに由来するということだけであった。その大きな腹の鑑定家たちは、この地方では大きな腹だということを示すために〈太鼓腹〉と呼ぶ習わしであった。村人たちが物産市に着くと、みんなの前に現れるマンスの仲買人にこんなことを言ってもらう必要はもうなくなったのである。

「ああ！　今日は悪い知らせを伝えなければならない。値段が下がっている。どこへ売りに行けばいいのか分からない。みなさんに助言をするならば……」

君に助言をしてもらう必要はないよ。私たちは、背中を竈に向けて、その問題を自分たちで考えることによって、君がひねり出してくれる答えよりもっといい解決をもう見つけているからだよ。今ではもう、君はあまり役に立たない。私たちが儲かるとか損をするなどと君は言っていたが、あれはふざけた冗談だった。あれはたんなる遊びだった。私たちが驚いていることがひとつだけあるが、それは君たちが大胆にも小麦で戯れていたということだ。それ以上に驚くべきことは、私たちがそのいたずらにまんまとひっかかっていたということである。ところで、こんなことを訊ねてもよければ、例えば君はどうやって金を稼いでいるんだね？

マンスはこのあたりのどの村よりもいくらか大きな町である。それは、マンスが、ゆるやかに湾曲している窪地に快適に居坐っており、私たちの土地より大地が従順で善意にあふれているからである。その町にも、はじめは、でっぷりした農民が何人か住んでいたにちがいない（すべてが私たちのところから開始することになるのだから）。収穫は、当時の家族たちにとってはあまりにも豊かなものであったにちがいない。彼らにはあり余るほど食料があったことであろう。そこで職人たちがやって来た。彼らはすぐさま難なく友好的に理解しあうことができた。小麦が必要であるのと同じように、職人が必要になってくるからである。ここのところをしっかりと理解しておいていただきたいのだが、私が小麦と言うとき、私は食料を、つまり食品となるものすべてを言いあらわしているつもりである。私がこの語を使うのは意図があってのことである。世界には大量の小麦が存在するということは誰もが見てきているが、私もまたこの三つの文字から成っているこの小さな語［フランス語で小麦を意味する blé は三つの字母から成る］によって大量の小麦のような〈無数の食料〉を言いあらわしたいのである。そしてそのなかにはそれこそ無限の穀粒が含まれている。つまり、小麦が必要であるのと同じように、靴やラシャの上着や馬の蹄鉄やドア用の錠前や女や娘のための肩掛けなどが必要になってくるのである。道具の作り手や、材料を加工する人々つまり職人が必要なのだ。さらにアコーデオンやフルートを演奏する人や、何かを作りだす人まで必要となってくるのである。

私がまさしく何かを作りだす人物のことを言うのは、農民である私も精神の仕事〈それは、仲買人なら目に見えない仕事と言うだろう〉を評価することができるということを知ってほしいからである。私は誰よりもそうした仕事が身近にあることの必要性を感じている。だからして、私は歌手や楽器の演奏家や詩人たちを喜んで我が家のテーブルに迎え入れてきている。私の家族のすべても同席しそうした人々を歓待し祝宴を開くのである。例えば、いくつもの物語を語って聞かせる才能に恵まれた羊飼いがいたりすると、私たちはそうした羊飼いに好感を抱く。私たち農民の団体のなかに、私たちが〈英雄的な頭脳〉と名付けているような才能を持ち合わせている小作人や小地主がいることも時としてある。彼らは詩を作り、紙の切れ端にその詩を書き、そうした詩を朗誦したりする。彼らに、洗礼式や結婚式のさいに子供たちに読み聞かせてやってほしいと依頼することもある。私たちはそうした詩人たちを大いに評価し、彼らの話に喜んで耳を傾ける。最高に平穏な喜びを味わっているような暮らしのなかでも、すべてが陽気だというわけではないからである。だから、私たちはいくらかアルコールの混じっている話を聞いたりすることも時には必要になってくることがあある。そして私たちは洗礼式を話題にしたばかりだ！　洗礼式では誰かが歌ったり楽器を演奏したりするということが要求されるのである。代母が野原の向こうから、まるで広い土地の全体を子供に見せてやろうとしているように、子供を連れてくるとき――すべての子供たちの所有物であるあの境界のない土地のことを私は問題にしているのだが――、代母は小さな靴を履いている。その姿を見ると、彼女はもう耕作地など歩けないように私たちには思えるであろう。そうすると、そこで歌を奏でるヴァイオリンや、フルートあるいはそれ以外のどのような楽器でも、例えばコルネットやクラリネットでもいい、そうした楽器が、まるで大きな鳥たちの踊りのように、急に歩調を合わせて太陽光線が降り注ぐ戸外で演奏されると、それは何ともはや素晴らしいものだ。晴れの日の衣装の華やかな色彩がその音楽をいっそう際立たせることになる。

踊りを話題にするなら、もちろん結婚式が思い浮かぶ。花柄のスカート、花綱模様で飾りたてられた白いペチコート、美しい脚によって攪拌される女たちのスカートの下のクリームのような白い下着、こうしたものすべてが、音楽が鳴り響いているなかで、栗の木の下の草地の上で繰り広げられるのである。「村の楽師たちだ」とあなた方は私に言うだろう。しかし私たちはあなた方にこう言いたいものだ。「私たちはもっと別の楽士たちだって喜んで受け入れることだろう。もっと有名な音楽家たちにとっては、ここで私たちの寛大な心のことを考えながら演奏するのは、吝嗇(りんしょく)の町と形容できそうなパリのような大都会で働いたりすることに比べれば、心の健康という観点から見ても、もっと名誉あることだろうし、はるかに有益なことであろう」と。

そして死というものに関して、あるいは死を包んでいる神秘について、あなたが疲れきって椅子に坐っているようなとき、例えば誰かが隣の椅子に坐りこむようなことがあるでしょう。そして、この人物［芸術や詩の心得のあるような人物］は間もなく話しはじめるのだ。そうすると、春先の小麦の革命［春になり小麦が芽生えると景色が一変することを指している］のように、あなた方の心のなかに希望が舞い戻ってくるのである。

ありとあらゆる種類の職人が、つまり何かを創作する人間が求められているのである。

こういう風にして、少しずつ、いくつかの農場が寄り集まっていた状態から、大きな村が形成されていく。それは創作者たちの集落でもある。集落は今でもそういう具合に構成されている。私たちに靴や上着が必要になると、そこに出かけてそうした品物を作ってもらうのである。とりわけ、昔からある市場の近くに店を構えている例の仕立屋のところに行けばいいということを私たちは心得ている。この仕立屋はビロードを裁断する才能のごときものを持ち合わせているので、彼が作った上着が重かったり、着心地が悪いなどということは絶対にないからである。ところが、憲兵隊本部の正面に店を構えている仕立屋だと、良心的な仕立てをしてくれるかどうか分かったものではない。時にはうまくいくだろうが、どうしようもないというようなこともある。上着が、まるで大理石でできているのではないかと思えるほどまでに、着心地が悪いこともある。上着を作るということはそんなに簡単なものではなく、まさしくある種の才能――非常に貴重な才能――のようなものが必要だということが了解される次第である。というのも、そのように器用に上着を作る人物が飲んだくれだったりすることもある。彼が仕事をするとき、まるで狂人のような様相を呈することになる。着心地のよくない上着を作る仕立屋が申し分のない人物だということもある。上着を仕立てることができるということはとても貴重なのだということをよく心得ておく必要がある。それは、そうしたいからといって誰もがやれるような仕事ではないのである。

しかし、仲買人である君は、夕闇が降りてくると古い通りがじつに穏やかな雰囲気をかもしだしているこの町で、いったい何をしているのだね？　これらの通りは、職人たちの仕事のため、職人たちの平穏のために築き上げられたものである。田園地帯に住んでいる私たちとしては、向こうの遊歩道で荷車が私たちを待っているし、馬が菩提樹の幹につながれている。私たちは家に帰らねばならない。私たちが通過するこのような通りは、君にはとても想像できないような幸福感を感じさせてくれる。職人たちの店から漏れ出る光だけがその通りを照らしているからである。さまざまな手仕事の店が集まっているので、職種に応じてそれぞれにふさわしい各種の光が輝いている。靴職人の赤いランプは大きな笠をかぶっており、職人は新聞から切り抜いた大臣や将軍や司教などといった人物の絵を貼り付けているため、そこが影絵になっている。笠には奇妙な姿勢が写っている。革を叩いたり、細紐を縫いこんだりしている靴職人の仕事を見つめるために、私たちは歩みを止める。そうすると、光が当たっていない大きな影の部分があり、そこは家の玄関の戸口だということが推測される。その家のなかに、小さな町の農民や、粘土を切り出す石切り場で働く労働者たちといった、私たちの同僚[仲間]が暮らしている。

そのあと、ブリキのあらゆる反射がきらめいている金物屋の白い微光が目に入る。仕事場の奥で、井戸用の桶を作っているところだなと見当をつけることができる金属を叩いて鍛えている音が聞こえてくる。いったい誰のためにあの桶は作られているのだろうか、どの井戸のなかにあの桶はおりていくのだろうか、どのような水を汲んであがってくるのだろうか、さらにどのような腕が桶の鎖を引き上げるのだろうかなどと私たちは想像をめぐらせることができる。それはたわいもないことだが、私たちを多くのものに関係づけてくれる。

板の上に坐った仕立屋が――この仕立屋こそ頭がいささか狂っている男なのだが――、腕を空中に持ち上げているのが見える。その指の先には糸が垂れている。また、赤茶けた口髭の奥にある口を大きく開けて、自分の両膝の上にあるものにとても驚いているようだ。ついで彼は腕を下げる。いやいや、彼は縫っている最中なのだ。このように、この薄暗い通りを端から端まで歩いていくと、私たち農民の心と、私たちが完璧に癒すことは絶対にできない私たちの孤独感がそこから安らぎを感じとることができるし、職人の仲間たちによる友情のこもった挨拶を受け取ることもできるのである。

そして私たちはついに君の店にたどり着く。かつては理髪店だった店に君は開業したからである。君はあっさり古い看板を取り外し、理髪店の仕事の内容が示されていた場所に君は自分の名前を掲示した。君は板ガラスをこすり、そこに〈仲買業、代理業〉という文字とそれ以外のことをたくさん書きこんだ。さらに君は、中が見えないようにするために板ガラスの下半分に白い石鹸の色を塗ってしまった。透明なままに残っている板ガラスから部屋のなかの電灯のコードが垂れ下がっているのが見えている。そこで、私たちが店に近づき、白い石鹸越しに中を見れば、店には誰もいないということが見てとれる。電灯の下にはテーブルがあり、そのテーブルの上には書類や電話帳や受話器があるだけだ。時どき君がいて、何かを書いている。

それでは、私たちこそすぐさま君に忠告を提供するのが望ましいような状況になっている現在、君の方はいかなる忠告を私たちに与えることができるだろうか？　君は自分が知らないようなことから利益を得ている。ピエールから少し、ポールから少しというような具合に、君は金を稼いでいる。君は自然を歪曲する類の人間のようだ。君は、金が万能であり、どんなものからでも金を作り出せる——そのことは金が何でもないということをよく示している——ような現代社会の産物である。君が〈通行証〉［取引証書］に「小麦の値打ちはゼロフランである」と書けば——君はまだ小物でしかないから、君が電話をかける相手の大物がこう書けば——、君は私たちのところにやって来て、「ああ！　悪い知らせだが、小麦はもう何の値打もない」と言うであろう。ところが、今となっては、私たちは小麦がいつでも小麦粉の重さやパンの重さの値打ちを持っているということをもう知ってしまっているのである。私たちは小麦を食べるだろうし、他の者たちにも小麦を食べさせるだろう。私たちの孤独に対して思いやりがある通りに住んでいる人々、私たちの弱さを助けてくれるような職人たち、物を創り出す仲間たち、要するに働いている人たちのことを私は言っているのである。だから、もしも君が忠告を求めるなら、本物の仕事を一刻でも早く探すがいいと私は言いたい。今すぐ君に必要なのは、本当の仕事なのだから。

＊

「これをどう思いますか？」彼らは私に訊ねる。

「今あなた方が言っていることはもっともです」私はこう言う。

しかし、彼らが味わっているその喜びを利用するためには、私には沈黙が必要となってくる。そうやって世界は頑丈なものだということをついに知ることになる。そして、私はそれ以上のことはもう答えない。そうすれば彼らも沈黙するだろうということが分かっているので、私は沈黙する。私たちは山のなかのこの小さな集落の共同の竈の前にいる。村人たちが復活させた火を燃やしてパンを焼くこの作品[竈]は、静かにぱちぱちと火がはぜる音をたてている。私たちは間もなくそこから燠を取り出し、そのなかに田舎風丸パンの練り粉を入れるであろう。

この土地の男や女たちはじっとしている。名前が知られているわけではないが、彼らはいつでも良識をもって働く。長いあいだ私たちはもうひと言も口をきかない。彼らは穏やかに呼吸し、まっすぐ前方を見つめている。私もそうしている。彼らはまるで頑丈な里程標、大地のなかにめりこんでいる杭のようである。あなた方は彼らを折り曲げたりすることはできないだろう。彼らを砕くことは可能かもしれないが、そんなことをすればあなた方にも大きな危険が伴うことであろう。

その地方の全体を覆っている霧が、私たちの足元まで忍び寄ってきた。霧は旅籠や鍛冶屋を、さらにクアッシュ親父の家を見えなくし、奔流の唸りを眠りこませてしまった。山羊たちに呼びかけている少年の声が聞こえてくるような時もあったが、間もなく、霧はその少年を私たちから遠く離れたところにさらっていってしまった。私たちに見えるのは、竈のまわりの黒い円形の大地だけであり、それは踏み固められた大地でできている一種の筏のようなものである。そして、その大地の境界線の上には、葉と花を具えている牧草地の小さな縁が見えているばかりだ。葉と花だけが目立つその光景は、かなりの存在感を示している。その向こうには、世界はもう存在しない。私たちは新たなノアの方舟に乗っているのも同然である。火が装填されているこの竈のなかに、私たちは本質的なものを運んでいる。

ノアの方舟のことを低い声で話したのはクアッシュ親父である。

「洪水から脱出することができた」彼はこう言った。

彼は北アフリカ産の羊毛でできた農民風の厚手の衣服を着こんでいる。髭の奥にある彼の小さな痩せた顔に刻まれている皺には毛が詰まっている。霧のせいで彼の赤茶けた髭にいっそうの露がへばりついてしまった。

そしてまず私は、彼が言っていたことがきわめて美しいということに気づいた。金が万能の文明が、その洪水のなかにすべてを飲みこもうとしているところである。その洪水の波間のくぼみのあちこちに、飢餓のために死んでしまった女や子供たちの死体が揺れ動いているのである。

しかし、今となっては、それは適切なイメージではないと私は思っている。その理由は、私たちは自分が農民だということを忘れてはならないからである。生まれつき具わっている本能のおかげで、たとえ神の約束があるとしても、私たちは行き当たりばったりに進んでいきすぎることは望まない。私たちの構成要素は大地であり、その大地は地平線の一方の端から他方の端まで切れ目なく続いている。

霧を通して、私はこの広大な地方の広がりを思い描いてみる。刺のように鋭い岩があるようなところにもいくつかの村が作られているし、そうした村のすべての位置を私は知っている。そして大地は平らになり、ついでその大地はエブロン川の岸辺まで降下し、さらに森林を天空まで持ち上げながらポルト峠までふたたび上昇していく。さらに、その森林の林縁にも村が見られるのである。自分たちの竈にすでに火をつけた村が六つか七つ私には見えている。私たちが今ここでこうしているように、庇の下にいる男たちは私たちと同じく先頭に立っているわけである。このトリエーヴ地方で、私たちのような人間はすでにほぼ四十人はいるにちがいない。家族の長である四十人の男たちには子供や妻がそれぞれいる。そして彼らは社会的な生活を続けてきている。つまり、私たちは物産市に出かけ、共同組合で議論を交わし、道端や旅籠でピエールやジャックやポールに話しかけるのである。私たちにもっとも関心があることについて話さないわけにはいかない。つまり私たちは自分自身のことを話すということになる。私たちは自分の力で脱出することができるのを誇りに思っているからである。それも私たちが労働でかち得た生産物によって［洪水にたとえられるような窮地から］脱出するのである。自分たちの労働の生産物が過小評価されるのを見ているとき、私たちは不幸であった。そして、私たちを救い、さらにこれからみんなを救い出してくれるのは、まさしくそうした生産物なのである。それなのに、私たちが黙っていることができるなどと考えられるだろうか！　私たちはそのことを話すだろう。話すのを止めたりしないだろう。それは私たちの大きな関心事になるだろう。私たちは、女や子供や私たちみんなが集まれば、そのことしか話さないであろう。いついかなる時にでも。私たちはそのことを伝道者のように話すだろうと私は言うつもりはない。心を清らかにした状態で、私たちは自分たちの喜びと誇りが見えるようにしておきたいと私は言いたいである。大地のこういうところに暮らしている私たちはこういう風に成長してきているのだから、私たちがほんの少しでも希望を持ちさえすれば、私たちは良識と上機嫌を具えた民族になることができるのであるから。

「やあ、ルイーズ！」彼女を午前中ずっと待ち構えていた村人たちは、通りを横切ってくる彼女に話しかけるだろう。彼女の家のなかから響いてくるかすかな物音に耳を傾けていたのだが、あえて彼女の邪魔をするようなことはやりたくないので、彼女はいったい何をしているのだろうかといぶかりながら、みんな同じ気がかりを持っていたのだった。彼女がどのような反応を示すか知りたいと思いながら、彼らはこのように考えていた。「スープに入れるための野菜を求めて菜園に出てくるにちがいない。」そして今、その彼女がやっと家から出てきた。

「やあ、ルイーズ！　しばらく立ち止まってよ。爪のまわりの白いものはどうしたの？　まるで石工の真似をしたようだね」

「ああ！　考えてごらんよ」彼女は言うだろう。「天気がいくらか回復してきたので」こう言いながら彼女は空を眺めるだろう。他の四人の女たちも空を見上げるであろう。「ジャックは枯れた三本の樅を引きずってくる手立てはないものかと考えてみるために森に出かけていった。だから、今朝、練り粉を捏ねたのは私なのよ」

あるいは、女たちがみんな泉のまわりに集まり、話し合っていることもあるだろう。こう言いながらひとりの女がそこから離れていく。

「もう、私の練り粉は充分にふくれているだろうから、切りにいく必要があるわ」

彼女たちは水の質について話し合うだろう。

「広場の泉の水はまるで鉄のように硬いわよ」

「こんなことは今まで一度も感じたことがなかったわ」

「自分でパンを作ってみなさいよ。そうしたらよく分かるわ。小麦粉に水を注げば、分かるはずよ。混ざり合わないのよ。かき混ぜる必要がある。それでも硬いのよ。よく温めてやると、やっと言うことをきくようになる。だけど嫌々ながら粉と混じり合っている感じだわ。だけどね、下の方のプレ＝ヴィヤールにあるあの小さな泉、あれは泉とも呼べないほど小さなもので、私の小指ほどの流れが土のなかからかろうじて湧き出てきているだけなのよ。あの水は、もう本当にまるでクリームのようだわ！」

ある夕べ、議会を招集した村長が、老婆のマリに援助の手を差し伸べる必要があるのではないかと思われるが、みなさんはこのことに賛成してくれるだろうかと提案する。彼はこう言うだろう。

「議会を開きます」

「いいよ、シャルル」

「それじゃ、みなさんはどう考えるんだい？」

「援助すべきだよ、シャルル……」

それはあっと言う間に決定してしまうだろう。というのも、もっと別のことを話し合おうと思ってやって来ている村人たちがいたからである。

「みなさんが揃っているので」村長は言う。「言っておきたいことがあるんだが」こう言いながら、彼は引き出しを開けて書類を取り出す。「こんな書類を受け取った」小さな目をしかめて、彼は字を読もうとする。「小麦の事務所からのものだが」ついで、彼は唇をなめるだろう。それは必要な言葉をすでに言ってしまったからである。そうすると、村人たちは二人そして三人と輪を作って、あちこちでみんな話しはじめている。

議会から外に出ると、すっかり暗くなってしまっていたので、樹木の下にいるのか空の下にいるのかもう見分けがつかない。旅籠はしっかりと戸締りしている。十一時の時報が鳴り響いている。街道を下ってくる人の足音が聞こえる。その足音を聞くだけで歩いている人物が誰だか分かる。あれはギローだ。今晩、みんなは彼のことを噂したばかりであった。こんな時刻に彼が街道を歩いているのが聞こえても別に驚くことではない。この男に生きる糧を提供するのは夜の闇なのだから。彼は森のなかに罠を仕掛けに出かけるところである。あるいは三つに解体した銃を上着の下に持っているかもしれない。彼だと分かると、村人たちは待ち、そして声をかける。

「やあ、粉屋……」

それ以上は言わない。そして彼の方は、すぐに返事してこないところをみると、まず驚いているらしい。そして彼は答える。

「みんなかい？　それじゃ、議会はうまくいったのかい？」

これ以上のことは何も言わない。その理由は誰にも分からない。

このギローはかつての粉屋のひとり息子である。年齢は三十歳だ。熊のように頑丈である。脚が短く、首が肩に食いこんでいる。彼は、私たちの誰もが利用していた水車小屋を父親から受け継いだ。はじめのうち、彼は父親にならって水車小屋で働こうとした。しかし、彼に体力はありあまっていたが、頑健なだけで水車小屋の仕事がうまくいくわけではなかった。彼は目がよすぎたし、口の形を見ると小娘にふさわしいような食いしん坊の気配が感じられた。商売は彼には向いていなかった。そこで、水車小屋はすっかり閉めてしまった。笑いながら彼がこんなことを言うこともあった。

「鼠たちが漏斗（じょうご）を食ってしまったんだ」

古い水車小屋のもう動くことはない機械の上にある部屋で、彼はひとりで暮らしている。最初のうち、ありとあらゆる鼠たちがやって来て、小麦粉の残りを、小さな歯車のあいだに詰まっている小麦粉にいたるまで食べてしまった。今ではもう、ずっと以前から、小麦粉は残っていない。しかし鼠たちはそこに住みついている。誰も追い払う者がいないからである。

女たちが立ち去ったかと思うと、また戻ってきては話す。彼女たちは新しい情熱で沸きたぎっているようだ。若い女たちは年配の女たちを探す。彼女たちが錯綜する瞬間があった。何人かの女たちが別の女たちの家を訪問し、家の中に入り、出てきて、またやってきて、再び立ち去るという光景が見られた。彼女たちは二人、そして三人と連れ立っていた。今では万事が整然としている。情熱の度合いは依然として熱いものがあるが、やはり整然としていることに変わりはない。村の女たちのあいだで何が起こっているのかその真相を知ることはほとんど不可能である。しかし、おおよそこういうことらしい。年配の三人の女が指揮権のようなものを持っているらしい。彼女たちがこんなことを言っているのが聞こえてくる。

「駄目よ。水は少し温めないとね」

「熱くするんじゃないの？」

「そうじゃない。あんたの台所くらいの温かさがいいのよ。水をいくつかの桶に入れて、その桶を暖炉のそばに置いておくのよ」

「長いあいだ？」

「小麦粉を取りにいき、その小麦粉を流しこみ、小さなくぼみを作るあいだよ」

小麦粉の中央にくぼみを作り、そこに最初の水を流しこむのだ。

それから女たちは外に出ていく。ひとりはある方向に、別のひとりはそれとはまた違う方向に。若い女はほとんど走るようにして出ていくが、年老いた女は重々しく、まるで産婆のような様子である。彼女はもうひとりの年配の女に出会う。二人は話し合っている。

「私たちは焼くわ」ひとりが言う。

「いつ?」

「明日よ」

彼女たちは別れる。そして立ち去る。誰かが彼女たちに呼びかけている。彼女たちは家のなかに入っていく。

竈は温められた。

村人がひとり道で立ち止まった。道路作業員が排水溝を修理している。

「急いでいるんです」彼は言う。「これはいつもやっている作業ですが、ここ数日のうちに、コルニの道を修理する必要がありそうなんですよ」

彼が言っているのは黒い森に通じている道のことである。

「竈のために材木が必要になりそうなんです」

「なるほど、あの道は修理しなければならないだろう。修理しておかないと、薪が足りなくなるかもしれないからな」

「心配するな、アルフォンス。手伝うよ。俺たちは四、五人集まって、あんたと一緒にやってみるよ」私たちはこう言った。

それは彼が「今年は手当てがつかないので……」と言っているときだった。だが、手伝ってもらえると分かったので、彼はいっそう穏やかになった。

それはもちろんのことながら共同で行うべき作業である。そうすると共同体の連携は次第に広がっていく。リヴィエール＝アンヴェルスの集落から二人やってきた。彼らが旅籠に入ろうとしているとき、私たちの村の住人が三人広場にいるのを目にした。彼らは村人たちに近づいてきて、言った。

「やあ、こんにちは」

さらにこう言った。

「水車小屋がまた仕事をやりはじめるかどうか知らないかね？」

「そのことはすでに話しあったよ」私たちの村の三人はこう答えた。

本当のところは、この前の夜に「やあ、粉屋」と言っただけだった。だが、それだけですでに充分だったのだ。

パン屋に村人は言った。

「どうするつもりなんだい？」

「ああ！　分かっているよ」パン屋は言った。

彼はプレボワにある畑をなおざりにしていたのだった。その夜、彼は馬具を調べてみた。犂をマルセル・コリュマのところに持っていき、刃の前面を鍛え直してもらおうと考えていると、彼は言った。

村長がフランシスクの店に入り、私たちと同じく安ワインを注文した。彼は私たちのテーブルに坐った。内ポケットを探り、先日の夜の書類を取り出した。そして言った。

「ところで、あんたたちはどう考えているんだね？　どう返事したらいいだろう？」

「ああ！　シャルル、あんたの書類を出してきて邪魔しないでくれよ」

「返事などしなくていいよ」

「あんたはそう思うのかい。だけど、何か答える必要があるんだ」

「どうして必要があるのさ？」

「つまり、それは礼儀だよ……」彼は言う。

「ああ！　そうなんだ」私たちは言う。「礼儀なのか。それなら、俺たちのパンは俺たちの小麦で作ると答えておいてくれたらいいよ」

村長は女の先生を探しにいった。漆黒の闇夜だったが、彼は戸口を叩いて言った。「お邪魔しますが、事務局の問題です」。彼女は村役場の秘書も兼務しているからである。彼はこう言った。

「こういうことです。この書類のことですよ。すぐにできると思いますが、青い鉛筆で〈私たちのパンは私たちの小麦で作る〉と横向きに大きな文字で書いてください」

彼は思案する。

「〈私たちには関与しない〉と書いてください」

「ああ！」若い女は言った。「あとのことは充分です。彼らは分かるでしょう。分かろうとしさえすれば」

「そうだね」彼は言う。「それでは、うまくまとめてほしい」

家から出ようとして、戸口で立ち止まり、彼は付け加えた。

「この書類を直接知事のところへ送り返しておいてほしい。知事が食べたければ、自分で働けばいい」

リヴィエール＝アンヴェルスの男たちは戻ってきた。レ・ショシエールやモンフォールやルルボーからも男たちがやってきた。ルルボーというのはここよりも大きな村で、人口は四百人以上ある。彼らはこう訊ねた。

「それじゃ、水車車小屋のことは言ってあるのかい？」

何も言ってない。最初の夜の「やあ、粉屋！」と言っただけで、それ以上のことは何もしていなかった。

しかし、ギローが広場に通りかかったとき、みんなはまた「やあ、粉屋」と言った。

彼は答えなかった。

土曜の朝の五時、まだ夜の闇が濃厚に残っている頃、長い鉄の棒が石に当たる音が聞こえてきた。はじめそれは繊細な鐘の音に思えたが、そのあと「いや、これは鐘ではない。いったい何だろう？」と人々は考えた。そしてみんなは目覚めた。それは広場の竈を掃除している音だった。真夜中から竈には火が燃え盛っていた。燠を取り除き、竈にパンを入れるために掃除したのだった。竈の周囲には、三、四人の女の姿が見えた。そして地面には、練り粉が入っている長い〈籠〉が、まるで巨人たちの子供のように産着をまとって横たえられていた［自分の新生児を食ってしまうクロノスに、その妻レアが産着でくるんだ石を子供と思わせて食べさせたという神話への言及］。

そのあと太陽が出てきた。パンが焼けている香りが漂ってきた。十時になると、子供たちが小学校から出てきた。彼らは急いで帰宅した。遊ぶために広場に残った子供はひとりもいなかった。ニコラ坊やだけが牧草地を越えていった。小川の近くにある製材所に住んでいるからである。気が進まないながら、ニコラは立ち去っている。時どき立ち止まっては村の様子を眺めている。その時、村はすっかり沈黙に包まれており、パンの香りが漂っていた。

そうすると、七人の女が通りに出てきた。七人いたのは偶然のことである。最初は通りの突き当たりの畑の近くにひとりいた。もうひとりは煙草屋の近くに、さらにもうひとりは食料品店にいるといった具合であった。村全体が開いてくる感じだった。彼女たちは頭の上に大きな籠を載せて運んでいた。ゆっくりと歩いていた。子供たちがそのあとに従っていた。彼女たちは竈の方に向かっていた。それは土曜日の朝のことだった。村のなかで最初に竈に入れた大量のパンを出すところであった。ジャックの家のリュスがかぎ棒を手にとって扉を開いた。村には一年のこの時期、もうそんなにたくさんの鳥がいるわけではなかったが、残っていた鳥たちはこぞって竈の近くに生えている二本の小さな楓まで飛んできた。そして鳥たちはさえずりはじめた。子供たちも叫んでいた。小さな声の大合唱だった。さらに、いったい何事だと訊ねる男たちの声が聞こえ、やがて竈へと通じる道に彼らの足音が響いてきた。女たちの呼び声。今ではもうパンの匂いが強くたちこめていた。

子供たちはいくらか離れたところで円を描いていた。大人たちに場所を譲っていたのである。男たちがその輪の内部に入り、「おお！　これは！」と言った。リュスは長いへらを使ってパンを引き出した。七つの籠が竈の前に並んでいた。リュスは「ノエミ！　ローズ！　ヴィルジニ！　エリザ！　ポーリーヌ！　アミシア！」と名前を呼んだ。アミシアという女は石工としてここで働いているイタリア人の女房である。それから、彼女は「私」と言って、ひとつのパンを自分の籠に入れた。他の女たちは名前を呼ばれるたびにパンを受け取った。子供たちは小さな声で話していた。男たちは事態がきわめて整然としているのを見てとった。女ひとりにつき十二個のパンが配分された。籠のなかのパンは熱さではじけていた。リュスは竈のなかをへらで探っている。子供たちはもう話していない。彼らはかろうじて呼吸だけしていた。彼らは竈の口を注意を凝らして見つめているので、自分でも気づかずに小さな身振りをしていた。

「中が見えないわ」とリュスは言った。

ヴィルジニが前に出た。大きな手で熱さをさえぎり、彼女は竈のなかをのぞきこんだ。

「もっと右」

リュスは長いへらを差し入れた。彼女が何かをとらえたのが感じられた。彼女は砂糖入りの大きなフガスを引き出してきた。男たちも子供たちも、みんな叫びはじめた。鳥たちは牧草地の方に飛び立っていった。数羽の鳥たちが飛び立っただけで、その場の静寂が際立った。みなは鳥たちを目で追うだけだった。そしてすぐに、森や山に囲まれた自分たちだけしかいないことに気づいた。しかし、何という喜びだろう！　油を塗った砂糖入りの長いフガスなど、みんなは長い間見たことがなかった。三日前から子供たちはこのフガスのことを話していたのだった。マルメロ入りのパンが取り出された。まんなかにマルメロが入っている丸パンだ。熱い果物の香りを発散していた。

「籠を探してきなさい」

子供たちはまるで気が狂ったかのように、ここに三人、あそこにひとり、その向こうに四人といった風に、叫びながら走り去った。彼らが持ってきた籠の底に、まずずっしりと重いマルメロ・パンが入れられた。さらにその上にフガスを置いた。フガスの座り具合がよくないと言っては、子供たちはその位置を直した。彼らはいろいろ言い争っていた。

「さあ、これでよし」女たちは言った。

男たちは場所を譲った。女たちはパンの入った籠を頭に載せて運んでいた。彼女たちは小さな丘を下りていった。みんなはそのあとについていった。子供たちはフガスとマルメロ・パンを持っていた。男たちも、それ以外の女たちもあとについていった。七人の女たちはいつもの歩き方で歩いているわけではなかった。頭に籠を載せているので、ゆっくり歩き、腰を振り、足を垂直におろし、身体をまっすぐ保つ必要があった。彼女たちはそうして村のなかを慎重におりていった。正午の知らせが聞こえた。正午の鐘が鳴っていた。通常の空腹より強い一種論理的な欲求が空腹を訴えていた。私たちはみな小麦の収穫の匂いのことを考えていた。小麦が直立している小麦畑や、大鎌や、小麦の束などが脳裏に浮かんでいた。やるべきことを行っているという印象を、私たちははじめて実感した。村中が熱いパンの香りに満ちていた。

この小麦粉は、胡桃（くるみ）用の粉砕機で私たちの小麦を私たちがつぶして作った粉だと指摘することを私は忘れていた。個人が所有している二つの粉砕機を用いたが、一方は村長のもので納屋の奥に置いてあったものだ。もうひとつは鍛冶屋のコリュマのものだが、それは彼の作業場の奥にあった。彼らがそれぞれ粉砕機を貸してくれたのであった。

今朝新鮮なパンを作った七つの家庭では、「パンができ次第、粉砕機を貸してくれたあの二人を宴会に招待しよう」と言っていた。

村長はコリュマのところにやってきた。

「行かねばなるまい。私たちは招かれているんだから」彼はこう言った。

こうして彼らは二人揃ってまずアミシアの家にやってきた。アミシアの家が一番近かったからである。

「やあ！　こんにちは」彼らが入ってくるのを見て、アミシアの夫は言った。

彼は外国人なので（自分の国を離れねばならなかった）、他人が近づいてくるといつでも少し不安になる。石工という自分の仕事以外のことについてはずっと以前から確信が持てないでいるのだが、自分の家に村長が入ってくるのを見て嬉しく感じている。

彼らは腰をおろした。アミシアは蒸留酒を注いだグラスを差し出した。

「ところで」村長は言った。「サン＝ジャンの作業現場はどうだね？」

「大丈夫です」石工は言う。「だけど、俺は今休暇をとる必要がある。みんなが川へ砂を取りにいってしまったもんで」（森林の近くのサン＝ジャンの土地で、石工がビュスのために作っている羊小屋のことを彼らは話題にしている。石工が小麦を要求したので、ビュスは彼に小麦を与えた。その小麦でアミシアはパンを作ったのである。）

「それじゃ、これで失礼するよ」二人は言う。「他のお宅にも行かねばならないのでね」

アミシアが進み出て、こう言った。

「待ってください」

これからしようとしていることをとても恥ずかしく思っているので、彼女の顔は赤くなっている（どんなことでも立派な振る舞いが伴わねばならない国からやってきている彼女は、しかしここではそういう習慣はないということも心得ているのだが、それでも小麦が彼女の農民の心情をとても感動させてくれたので、やはり思い切ってこのことは実行すべきだと彼女は考えたのであった）。

彼女はカナヴェーズ［イタリアのピエモンテ地方、トリノとコニのあいだにある地方名、ジオノの祖父の出身地］方式のお辞儀をした。つまり、右側のスカートをつまみ、さらに左側のスカートもつまみ、両膝を一挙に下げ、短気な雌ラバのように踵で地面を打ち鳴らした。

「善良な心からの贈り物を受け取っていただきます」と彼女は言った。

彼女は立ち上がり、マルメロ・パンを二個とりにいく（マルメロ・パンは普通は子供たちのパンである）。彼女はそれを男たちに与えるつもりだ。村長はどう考えたらいいのか分からない。彼も顔をまっ赤にしている。コリュマを見つめる。そしてこれはとてもいいことなんだと考える。コリュマにも訳が分からない。自分も感動しているのだろうと彼は考える。

彼らは四人とも非常に興奮している。アミシアの唇が震えている。彼女は二個のマルメロ・パンを差し出す。村長は二個とも受け取った。そして言う。

「大いに感謝するよ」

そして村長はひとつはコリュマに分け与えるんだと思い、それを彼に手渡す。

「俺もだ」コリュマは言った。

そのあと、急に彼らはどうしたらいいのか分からなくなってしまう。二人の客も、持てなしている方も。四人とも黙ったまま立ちつくしている。

ああ！　こういうことは心を高揚させる！　二人はすっかり変貌して出ていく。しかも急激に変わってしまった。ひとりは灰色だった目が緑色になった。もう一人の目は栗色だったが、金色に変わった。彼らはお互いに相手の顔を見つめあっている。かろうじて相手の顔を認めることができる。一分のあいだ。そして緑の目は灰色に、金色の目は栗色に戻る。さらに村長とコリュマの顔つきがそれぞれ元に戻った。彼らは顔を見合わせるが、二人ともすっかり気持が動転している。何かを与えるのは気分のいいものだということを理解し、人生は小麦と、小麦を生育させる仕事に左右されるということも急に了解する。彼ら二人が、ひとりは農夫としてもうひとりは鍛冶屋として、それぞれ自分の流儀でやっているこの小麦作りという仕事が大切だということを思い知る。あなた方にも想像していただけるように、彼らはあまりにも沢山のことを同時に理解してしまったのである。そこで、彼らはローズの家に入る。彼らをひと目見て、彼らがどういう風に変貌しているかということがローズたちには分かってしまった。彼らとともに喜びが家のなかに入っていったからである。

「この人たちは何と美しいのでしょう。見てごらんなさいよ！」ローズはこう言う。

彼女は彼らに飲み物を提供する。彼らの肩を叩く。そして感謝の気持を伝える。彼らは何が何だかまったく理解できない。ありがとうと言いたいのは彼らの方なのだ。彼女は彼らにフガスをふた切れ与える。村長はすでに習慣がついている。ひとつをコリュマに手渡すことを忘れない。ローズは彼らにヴァン・キュイ［葡萄液を濃縮したアペリチフ用の甘口ワイン］を一本与える。彼らはもう両手がいっぱいだ。

「子供が全部運びますよ、シャルル」

籠が出てくる。そのなかにすべてを入れる。子供がそれを肩にかつぐ。

それでは前進。ノエミの家だ。彼らは家に入る。そして坐る。ここではみんなが叫ぶ。男も女も妹も爺さんも三人の娘も。女たちは広い台所で走りまわっている。戸棚の戸がばたんと閉まる。グラスが触れあう音がする。男たちは小脇に数本の壜を抱えて地下倉庫から戻ってくる。

「不思議なことだ」村長は言う。「今日はみんなが感謝の気持を伝えたく思っている。私たちはお互いにありがとうと言いあうんだ」

娘たちは屋根裏部屋に残っていた古い小麦の穂で花束を作ろうと考えた。髪の毛用のリボンで結び、白粉で香りをつければいい。

その次はリュスの家だ。胡桃粉砕機が村で最高に大男の二人のところにあったのは幸いなことであった。この二人はたっぷり飲んでも今のところ何とか持ちこたえているからである。しかしリュスは彼らを抱擁する。ポーリーヌは話す。彼らは蒸留酒を飲む。辛口ワインも甘口ワインも飲む。ヴィルジニは村一番の美人である。エリザは大きなパンを丸のまま与える。そのパンは、急に、それまで本当に村で生じたことを思い起こさせる。そして彼らはすっかり酔ってしまう。

「私の家に行こう」村長は言う。

みんなは立ち上がる。

「みんなで行く必要がある」

村長は通りでラッパを吹かせた。

「どうしたのだろう？」とみんなは考える。

「私の家に来てください」と村長は言う。

コリュマは一歩また一歩という風に揺れ動きながら、慎重に歩いて出発した。ラッパの音で駆けつけた私たちは彼と出会った。

「手伝ってくれ」と彼は言う。

ワインの大壜を運ぶのを手伝ってくれと言っている。手押し車が必要である。まるで子供のように、私たちは四人がかりで通りで手押し車を押していく。

村人たちが次々と家から出てきて、村長の家に向かっていった。娘たちは互いに声をかけあっている。いたるところから出てきた娘たちは、二人、三人、四人、五人、六人とかたまり腕をからめあい、走っては合流していく。さらに、交互の足で飛び跳ねたりしながら、もう歌っている。ジュールは駆け足で戻ってくる。

「おい！　方向が間違っているんじゃないか！」私たちは言う。

「アコーデオンを取りにいってくる」

「だけど」司祭は言う。「一体ぜんたいどういうことなのですかな？」

「私たちと一緒に来てくださいよ」

「司祭さま」シャルルは言う。「ひとかどの人物であるあなたには、やってほしいことがあります。小学校に行って、女の先生にもう休みにしなさいと伝えてほしいのですよ。そう言っているのは、村長の私だよ。そして、彼女をここまで連れてきていただきたい」

司祭は出かけていく。

二人は戻ってくる。女の先生はファイユ［横畝のある縦糸密度の大きい絹織物］の大きな蝶結びのネクタイをつけている。ネクタイは彼女の白い顎の下でさわさわと音をたてている。子供たちが戸口を塞いでいる。

「子供のみなさん、中に入りなさい」

子供たちは、すでに人でいっぱいになっているその広い台所に注意しながら入っていく。彼らの知り合いは誰もいない。いささか途方に暮れている。そして女の先生を探す。しかし、彼女はよく知っているいつもの先生ではなくなっている。いろんなスカートをたどり彼らは自分の母親を探す。山羊たちの群れのなかで、小さな子山羊たちが自分の母親を探すように。ついに彼らは母親を探し当てる。しかしその母親もまた今ではいつもの母親ではなくなってしまっている。母親はすっかり変わってしまった。普段の母親の姿はどこにも認められない。そこで、子供たちはみんな台所の薄暗い奥底に集まる。実際のところ、彼らはいくらかそういうことを予想していたのだった。だから万事が彼らには自然なものに思われた。彼らがいる場所から、見えるのはビロードのズボンや、スカートや、靴や、赤や青や黒や茶色のごわごわした羊毛でできた女性のストッキングだけである。スカートの襞は、緑や黄や赤や菫色の麻布製の大きな縁飾りを波打たせながら揺れ動いている。スカートの下の端についている指ほどの厚さの縁飾りは、いまではもう麻布でできたただの縁飾りではなく、それは何でも思いのままのものになっている。蛇だったり、水の流れだったり、女の太腿のまわりに結ばれた草だったりする。そしてその草は、女が片側の脚であるいはもう一方の脚でバランスをとるにつれて、結ばれたりほどけたりするのである。そのあいだに、女は右に向いたり左に向いたりして話し、あちこちで乾杯をしたり、ついには自分のグラスを持ち上げたりする。この時、みんなは一斉に叫ぶ。そうすると、女のスカートは右側に持ち上がり、太腿がいくらか余計に見えるようになる。子供たちは、地面に作られた小さな巣のなかにいるような具合に、台所の隅っこで坐っている。

そうしたズボンやスカートが彼らを圧迫しすぎるような場合には、彼らは自分の小さな手でズボンやスカートを押し返す。そうすると、彼らには、月のように丸くて白い顔が上からおりてくるのが見える。その顔は彼らの方に向き、彼らを見つめる。彼らの方は、地面の小さな巣のなかにこっており、手提げのかばんや、肩にかけるかばんを持ち、膝はむき出しである。尖った角のあるぎざぎざの肩は、まるで小さな翼が生まれ出てきているように見えてしまう。事実、彼らは何にも驚いていない。司祭の登場も、陰影に富んだファイユの大きなリボンでネクタイを結んでいる先生も、彼らの目の前にあるビロードで包まれた数々の脚や黒い太腿や赤い太腿などのあいだで泳いでいるありとあらゆる色彩の蛇たちも、叫び声も、ワインの匂いも、流れるワインも、こぼれるワインも、空になっていくワインの大壜の黒い叫びも、子供たちの魔術的な孤独も、驚くべきものは何もないのだった。こういうことが生じなかったとしたら、子供たちはむしろ大いに驚いたことであろう。熱いパンが入った籠を持ち運んでいる女たちの静かで見事な歩みのあとについていった今日の朝から、彼らは快適な気分を楽しんでいるのであった。彼らはついに世界が自分たちの喜びに満ちあふれた平穏な世界になっていくのを目撃したからである。

突然、何かを合図しているような、最後の一滴まで音を絞り出すようなアコーデオンの音色が聞こえてきた。男たちと女たちは互いに離れる。暖炉のそばで一列に並ぶ者もいるし、箪笥の前にかたまる者もいるなかで、アンリ・ル・クルトーが楽器を持ってテーブルの上にあがる。彼はワルツを演奏してみたいのだ。しかし、みんなから「〈サクラソウ〉を弾いてほしい」という声がかかったので、彼は〈サクラソウ〉を演奏する。それは私たちの祖先の初期の時代に流行っていた踊ることができる古い歌である。当時、冬は厳しく、村の家という家はすべて森林のなかに分散していた。冬は孤独の季節だった。さまざまな病気が蔓延し、村人が死に、人間のエゴイズムが増幅していた。斜面の南側から一挙に氷の衣装がはぎとられるのに呼応して花を咲かせるサクラソウ以上に、村人たちの心に明るい歌をもたらすものは何もなかったのである。そのサクラソウの歌を作った村人たちは、それを歌いながらある時は右足ある時は左足という風にごく自然に足を動かして前に進み、その動作は次第に踊りになっていく。アンリは〈サクラソウ〉を演奏している。彼は法王のようにまじめな表情になった。演奏している彼の両腕はまるで弓のようだ。軽快でゆったりしている彼の大きな両手は楽器の両端で楽音を優しく愛撫している。彼は頭をかしげている。そして息を送りこむ黒い送風管に頬をほとんどくっつけている。

もう誰も話さない。動く者もいない。ハッコウチョウの飛翔を思わせるような素早いざわめきが樹木の葉叢のなかを通過した。マリア・ラ・レッド［醜い容貌のマリアの意］が顔をあげた。普段の羊のような表情ではなくなっている。いつもの犬のような唇でもない。見開かれた目は、喜悦をあらわす純粋な青色で彩られている。彼女は口を開く。彼女を夢中にさせている音楽の二つの楽譜のあいだに自分の丸くて的確な声をさしはさむ。それと同時に彼女は目覚めの身振りをする。みんなのいる列から前に進み出る。両腕が頭まで上がっていく。二つの手は首を支点にする。彼女は歌い、前進する。膝がスカートを叩いている。足音とスカートの音と彼女の声が、アンリの音楽のなかに割りこんでいく。彼と彼女は一緒に踊っているような雰囲気にひたっている。椅子に坐ったまま動かない彼は、悲しそうな顔を踊りの呼吸の上にかしげている。部屋の中央にひとり立っている彼女は、数歩前進し、腰を持ち上げ、顔をもたげ、従順に引き寄せられ、しかし指揮をとったりしながら、可能な開口部があればどこにでも足を滑りこませていった。彼女の動作はつねに的確で、鉄製の輪のように頑丈な声によってアンリにしっかりと寄り添っていた。彼は彼女に接触し、彼女を統御していた。彼が彼女の腰に触れると、彼女の腰は震える。顔に触れると、彼女は目を閉じる。柔らかい首に触れると、鳩の歌のような声が転がりでてくる。壺のような腹に触れると、その腹は膨れる。急に、彼には他の女も必要になってくる。二人、三人、いや全部の女が必要になってきた。音楽は呼びかけに満ちあふれている。彼はその音楽でここかしこにいる女たちの列に訴えかける。リュス、ジャンヌ、ローズ、マルト、リーザ、ルイーズ、マドレーヌ、みんなこちらに来てくれ！

女たちは前に進み出る。ゆっくりと。女たちの列はまるで蛇に変貌したのかと思えるほど波打っている。彼女たちは自分から進んで前に出ようとはしない。しかしアンリの方は女たち全員を望んでいる。女たちみんなが必要なのだ。マリア・ラ・レッドは依然として前にいる。彼女の絶大な欲求は最初の勇気を示したし、彼女の声は鉄の輪のように鳴り響いている。彼女の声のなかにいろんな声が入りこんでいく。すべてが満たされているようだ。マリアの声が間隙を満たしてしまっているその音楽のなかには、誰にも入りこんでくる余地がなさそうだ。他の女の足音や他のスカートの音のための余裕はもうない。しかしながら、すべての女のために、すべての男のために、場所はあるはずだ。アンリがそう考えているのはもっともなことだ。何しろ、彼にはすべての女が必要なのだから。彼は呼び寄せる。子山羊が呼びかけるように、彼は、長い楽音によって、ちょうど小さな兎に載せる手のように、心を舞い上がらせてしまうようなあの震える三つの楽音によって、女たちを引きつける。もう列は乱れている。女たちは前に進む。そして歌っている。膝がスカートを叩いている。同じ場所で踊っているマリアに彼女たちが近づいていくあいだ、彼女たちの足の音とスカートの音、両者が一緒になって音楽のなかに入りこむ。マリアは彼女たちを待ち、歌い、踊り、彼がみんなを必要としていることを知っているので、嫉妬したりすることはない。世界にはありとあらゆるものが必要なのだ。さらにそれだけではない。その音楽は男たちも感動させている。彼らはすでに震えていた。彼らは期待している。女たちが〈サクラソウ、サクラソウ〉と歌っているあいだ、喜びが満ちあふれている低音のすべての鍵盤をアンリは鳴らしはじめた。男たちの威厳のある声が応答する。もう割って入る場所がないように見える。いや、男たちのためにも場所はある。男たちもやはり必要なのだ。その方がいいだろう。男たちは前に進む。足取りはいっそう力強く、床板は震え、窓ガラスは軋み、暖炉のなかで煤が落ち、灰が飛び散り、家畜小屋の動物たちは恐怖を感じとる。馬たちはいななき、羊たちは鳴き、雄羊は頭を何度か板戸にぶつける。

ヴィルジニは美しい。マリアも美しい。男たちも美しい。男たちは毅然としている。彼らは近づく。彼らが必要なのだ。彼らは足で力強く床を踏みつけ、頭を下げ、さらに足で力強く床を踏みつけ、そして頭を下げる。雄羊のように、雄山羊のように、誇り高い馬のように、障壁を崩そうとしているように、自由の身になろうとしているように、自分を今いるところから引き離そうとしているように、まるでこれから跳躍を始めるように。女たちは美しい。女たちは前に進み、後ろにさがり、スカートを叩き、前進し、後退し、スカートを打つ。まるで、からみつく草から身を引きはがそうとしているように、逃げようとしているように、待っているように、やはり逃げようとしているようだ。彼女たちは地面に生えている草や蔦や茂みや枝や森林やありとあらゆるものに引きとめられているようだ！　ところが、彼女たちを引きとめるものはもう何もない。雌羊や雌山羊や雌馬たちのように、自分自身に引きとめられているだけである。

彼らはみんなで春を踊っている。

「ランプを灯してください」

夕闇が訪れた。暖炉でも火を燃やした。少年たちは女たちや男たちの顔を見直している。みんなは床に坐った。アンリ・ドゥ・クルトーはテーブルから下りた。彼の姿はもう見えない。彼は地下貯蔵庫に通じるドアの近くの闇のなかに坐っている。小さな音で楽器を鳴らしている。地下室が共鳴し、まるでとてつもない大男が地下で歌っていると思えるほど音符を引き延ばしている。小さな子供たちはそういうことをやっている人間の顔を識別しようとする。そういう顔にはもう名前をつけることができない。それらは新たな色彩を具えた目である。雨が楓の葉を洗ったあと、太陽の光が戻ってくると、私たちはもうかつての楓の木をそこに認めることはできなくなる場合と同じである。その楓の枝は光り輝く花々が咲いているように見えるからである。口は以前に比べると倍ほど熱くなっているようだ。いっそう赤い血が満ちあふれている頬は、申し分のない水分に潤い、きらめいている。両肩は双方とも均斉のとれた信頼で包まれている。暖炉の火は、野の草を思わせるようなこれらすべての顔や髪の毛を照らしている。今朝、いつもの歩み方で歩いたのは竈からわずか二歩だけだったということを子供たちは思い起こしている。本当に最初の二歩しか歩かなかった。そのあとは、籠を持った女たちのゆるやかで堅実な歩み方を真似て彼らもゆっくり進む必要があったからである。彼女たちを模倣し、慎重に重々しく歩き、荷物を運び、もう地面を滑ったりすることはなく、重々しく緩慢に歩んだのであった。まるで一歩ごとに大地のなかに入りこんでいくようだったし、まるであの女たちの前に深い道が開いているようでもあった。そしてその道は、大地の母性愛が眠りそして目を覚ます暗い洞窟まで通じているのだ。そこは世界のさまざまな意思が暮らしている地下の住居である。その住居を、熱いパンが入っている籠を頭の上に載せた女たちは、一歩また一歩、樹液の音楽、花や種子の将来、小麦粉や果肉や脂のあらゆる生成のハーモニー、こうしたものに包まれて、ゆっくり重々しく下っていった。なお、小麦粉や果肉や脂は、樹木の根の白い動脈と静脈のなかを流れているのである。子供たちは、女たちのあとを歩いたということを思い出している。彼らはフガスとマルメロ・パンの入っている籠を持ち運んでいた。そして今、ここでは、もう誰が誰だか何も分からないのである。そして、地下室からあがってくる黒い喉のなかで、アンリ・ドゥ・クルトーの音楽に合わせて、大地が歌っている。その間、レモン入りのワインが大きな鍋で温められている。その鍋から香りのいい蒸気の渦巻きが吹きあがってくる。

その夜、村全体の上に月が出ていた。凍りつくほど寒かった。道はまるで鉄のようだった。私たちは三々五々自宅に戻って寝た。みんなベッドについた。大いなる沈黙が訪れた。私たちは自分の思考が頭のなかで動いているのが聞こえていた。その思考はまさしく鳥のようだった。動くたびに、思考は色彩に満ちあふれた大きな翼を広げていた。それは眠りに入る前のことだった。私たちは目を閉じていた。そして凍えるようなシーツにくるまり死者のように硬くなって身体を伸ばしていた。私たちは少しずつ自分の体温で温かくなってきた。地中海沿岸に住んでいたすべての山人たちが崇拝していたあのエレウシス［アテネ西方の都市］のデメテル［ギリシャ神話における豊穣の女神］のことを私は考えていた。デメテルが横たわっている大地の中央へと道は下降していく。すべてがエレウシスのあらゆる村を通り抜けて海岸まで降下していく白い石でできた階段のようだとまでは言わないにしても、そのゆるやかな土の斜面は徐々に暗闇の奥深くへと沈みこんでいく。それは、山羊のような目の水夫たちに壺を売ったり、彼らから睡蓮の花を買ったりするときに利用する、村から船がもやっているところまで下りていく商業用の道ではない、と私は考えた。そうではなくて、それは友愛に満ちあふれた傾斜なのだ……。何故なら、私たちが下降していく先にあるのは、花が咲いている地獄の原っぱなのだから。すでにツルボ［百合科の多年草］の黄色い花の匂いが私たちがいるところまで立ちのぼってきているので、私たちにはそれが感じられる。女たちの歩みをゆるめ、彼女たちのゆったりしている腹の揺れ動きに気品を与えているのは、もはや女たちが頭の上に運んでいるパンの籠の重さではない。それは平和と喜びの場所が近づいてきているからである。

おお！　アドニスと猪を腹のなかに宿しており［神話で語り伝えられている内容から逸脱しているが、ジオノに特有の空想力が産み出したイメージ］、生者たちの乳母でもあり、半月鎌と種袋をもてあそんでいるデメテルよ、私たちに穏やかな融和と本当の豊かさと健康をお与えください。

それから、みんなはやっと眠った。村人たちはみな眠っていたにちがいない。沈黙と凍結が急に恐ろしいまでに自由に振る舞いはじめたからである。その時、私にはまず足音が、そして話し声が聞こえた。話し声はずいぶん遠くから聞こえてくるようだった。その話し声は、凍りついている剥き出しの闇夜のなかで、いくつもの硬質な野原や谷間に反響してここまで聞こえてきているにちがいなかった。どういうことが生じているのか私にはほとんど理解できなかった。その声は、睡眠に警戒心を起こさせるばかりであった。急に私はあることを思いつき、起き上がり、窓ガラスに息を吹きかけてみた。月の光を煌々と浴びている村の広場が見えた。中央にひとりの男が立っている。ギローだ。彼だということは容易に分かる。彼は話している。彼はこんなことを言っている。

「あんたたちはみんな自分のことを地上で第一人者だと思っているだろうが、そのあんたたちの心より、牛革でできているベルトの方が強いんだぞ。そして三つの車輪を肩で担いで運んだのは俺だ。『血管が破裂してしまうぞ！』と親父は言ったものだ。そんなことはまったくなかった。それはサン＝トーバンの鋳鉄でできた車輪だった。その鋳鉄はとくに俺たちのために作られたものだ。

それぞれ二百フランだったから、五倍すると今の金で千フランになる。だから車輪は［三個あるので合計］三千フランだ。ワインなら何杯でも飲める額だろう。親父が何か考えつくと……。木々を黒い銅で四メートルにわたって固定したのは俺だ。今はシャチヨンで店を構えている石工と一緒に働いていた。すべて親父と俺がやったことだ。運河も、鉄柵も、水門も。あんたたちがみんなが寝ているあいだに、俺はゴム製の長靴をはいて、鉄柵の上の氷を壊すだろう。水車は俺だ、俺と親父の仕事だ。親父はもう死んでしまったので、今では俺だけだ」

彼はものすごい声で話している。まるで万事が彼を手助けしているようだ。正面にある家のすべてに光が見える。そして私の隣りの家の窓はすべて暗い。私たちは全員目を覚ましている。そしてみな耳をそばだてている。みな口のなかにワインの味を感じている。私たちみんなの頭のなかにはまだ自分の考えがある。しかし、その考えは色鮮やかな翼を閉じてしまっている。なるほど、今日は、ギローの姿は見えなかった。どこに行っていたのだろう？　しかしながら、あいつは飲んできている。私たち以上に飲んだということは様子で分かる。彼は私たちに向かって話している。私たちに向かって身振りをしている。私たちを見つめている。彼に私たちの姿は見えないが、彼の目は月光を受けて輝いている。しかし、私たちが彼のまわりで彼の言うことに耳を傾けているということを彼は承知している。

「……俺たちひとりひとりは自分ならどれくらいの努力ができるかということを心得ておくべきだ」こんな風に彼は言っている。「そして自分以外の誰にも頼らないことにする。俺たちはすべてをこなすことはできない。だが、俺たちにはすべてのことをこなすことが必要になってきたりする。もしもひとりの男を脇にどければ、その男が必要になってくるのが感じられる。何か重要なことをしようとするなら、戦闘をするような感じでそれを行ってはいけない。家事をこなすように、結婚するような具合に行う必要がある。申し分のない家。申し分のない主婦がいる申し分のない家。そこでは、万事がほどよい雰囲気を保つために役立ち、家族の構成員たちは快適に暮らしている。万事が首尾よく組織されている家。誰も寒さや飢えにさらされたまま外に居続けたりすることは絶対にない。そこでは互いに全員を必要としあっている。何も売ったりしない。何でも自分たちで作る。それは素晴らしい習慣を守っていくことによって、万事が過不足なく統御されているような家だよ」

彼はこうした長口舌（ちょうこうぜつ）を私たちに滔々と弁じたてている。彼は私たちの考えに賛同しているが、彼自身は自尊心を持っているということが私たちには分かる。水車小屋は彼が考えている以上に彼自身だと私たちは了解する。水車小屋のさまざまな機械のために彼は苦労した。それらの機械は彼自身のもっとも強固であると同時にもっとも有用な部分になってしまっている。それは彼がもっとも執着を示す部分であり、彼の存在理由でもある。

彼は、野原と一体化してしまっている私たちと同様である。今では、何故私たちが大地の塩［『マタイによる福音書』、V、一三］なのかということが私には理解できる。不動で広大な野原は、自分では自らの深遠な意図を表現できない。野原は静かに植物の泡を吹きだすだけである。私たち人間の条件の驚くべきところは、私たちが自分で作りあげ、まるで光線のように都合よく利用している知性ではない。私の言うことを信じてほしい。いつでも身元不明の人がその知性を屈折させてしまうからである。驚くべきことは、私たちが「原っぱや動植物や空や川などと一体化して」感性と環境の混合物を作りだしていく力なのである。私たち自身のこの神々しい部分は、何ものにも服従することがまったくなく、私たちに世界を表現することを可能にしてくれる。

＊

クアッシュ親父さん、私たちが洪水から脱出することができたと君が言い、さらに君がノアの方舟のことを話すとき、君の比喩がそれほど優れているなどと私は思っているわけではない。私は相変わらず竈の庇の下で君のかたわらにいる。きらめく霧が、まるで塩の雲のように、私の目を焼き焦がす。霧が激しく襲ってくるので、私にはもう世界は見えない。見えるのは私の欲求のイメージだけである。すべてのこうした闘い、すべてのこうした祝祭、すべてのこうした心配り、そうしたものはすべての村にあるはずだと私は空想をたくましくする。私の存在理由は、つまり村人たちみんなの存在理由だと私は理解している。そこで私としては、私たちは歩いている巨大な森林のようなものであると考えている。

まず私たちは貧しい農民であると言う必要がある。私たちは広大な畑を所有しているわけではないし、専門化というあの現代的な考え方にたどり着いているわけでもない。私たちが何かの植物を専門的に作るなどということはない。葡萄や小麦やジャガイモを育てるだけである。いや、私たちはあらゆる作物を少しずつ作っているのだ。私たちは〈私たちの農業開発〉などと発言したことなど一度もない。〈私たちの農場〉と私たちは言う。それは大地から生命の糧のすべてを取り出す野原のなかの家である。私たちは自らの糧のすべてを大地から取り出している人間なのだ。だからして、私たちは樹木のようだと言うことができる。樹木よりは精神的だと言うことができるかもしれないが、本性はまったく同じである。私たちは時には役に立たないような植物を植えることもあるし、日曜日の午前中を、家の前に生えている糸杉の手入れに当てるようなこともある。時には、乾燥した柳の枝で編んだ小さな籠を、ハッコウチョウの巣になったらいいのだがと思ってクロべの垣根の黒い葉叢のなかに置いたりする。食べても美味しくない白い鳩を育て餌を与えたりする。私たちは自分が育てているゼラニウムを誇りに思っているし、イワナシを何とか根づかせようと試みてみるがなかなかうまくいかない。私たちが耕作している大地は森林に囲まれており、耕作地の茶褐色のうねりのなかには、松や白樺の茂みがまるで島のように散在している。何本かの楢の木が土地の境界の印として役だったりしている。公証人のところに持っていく証印のある売買証書には、樹木の名前やその土地の特徴などが満載されることになる。農民としての私たちの暮らしに必要な道は、原っぱのなかを通過していく。私たちには親方などいない。また、私たちが召使いを雇うような場合、私たちは召使いたちと並んで同じ作業をする。私たちは普段より力を振り絞って働いたりする。

召使いたちは私たちと同じテーブルで食事をする。彼らを邪険に扱うような人物がいれば、そういう人物は不名誉な人間だと見なされる。彼の名前は物産市から物産市へと繰り返し伝えられていく。その結果、彼はもう新たに雇う召使いを見つけることができなくなる。彼が私たちの先祖伝来の法則に違反したからである。こういう風に私たちは田園の秘伝の精神を体現している。田園は私たちに生きる糧を提供してくれるが、私たちは田園を世界の精神性というものの一環として把握している。

今、生命を獲得しようと心がけている人々の戦闘に味方して、死を準備する人々の社会に敵対するために、田園は立ち上がる。私たちは前進する広大な森林である。私たちは私たちの逸楽や恐怖を重々しく運んでいる。それは私たちの情容赦のない残忍さであり、また木の葉でできている私たちの手の優しさでもある。重大な時代にはいつでも、邪悪な勢力に対して戦闘を交える必要がある場合には、農民の想像力はそのたびごとに前進する森林を考案してきた。森林は、私たちのすべての伝説のなかで語り継がれ、私たちのすべての闘いの歌のなかで歌い継がれてきている。森林は、ノルウェイの山やスコットランドの山やアイルランドの山から南下してきた。森林は、ロシアの平原や、ハンガリーの平原や、ドイツの渓谷や、デンマークの島々や、スイスの山や、ピエモンテの山や、薄暗いオーヴェルニュの山塊や、モルヴァンの山地や、ローヌ河やロワール河やガロンヌ河やセーヌ河の谷間などに沿って、はちきれるほど広がっていった。そしてそこには、黒い雌鹿、黒い犬、黒い狩人、黒い馬たちが生息しており、黒い狩猟ラッパの合図が響きわたっていた。しかしかつては、その森林は私たちの欲求の煙のようなものでしかなかった。森林は私たちの不動の憤努のほの暗い蒸気でしかなかった。その森林は、本当の森林がかろうじて地上に姿を現した新芽でしかなかった。森林がしっかりと存在しているように思われていたのは、私たちがそう言っていたからに他ならない。時はまだそれほど経過していなかったのである。ところが、現在、時は充分に前進している。つまり時は満ちているのだ。だから、森林は立ち上がっている。森林は歩いている。ほら、私たちの目の前を！

世界のあらゆる休閑地から出てきた怪物たちが逃げていく。私たちが前進していくにつれて、怪物たちの痕跡が見つかる。怪物たちが素早く立ち去った場所では、脚が逃げる決心をする前に身体が動きはじめたので、泥が腹でえぐられている。山の傾斜をくだっていくと(そして農民たちの森林の全体が何千キロにもわたり広がり、同時に前に向かって進んでいくと)、私たちは広大な平原を見下ろすことになる。これから森林が広がっていこうとしており、さらに鳥が無数に飛んでいる森林の大きくて優しい影ですべてを覆いつくそうとしている広大な地方を前方に見据えながら、森林は山の斜面を下っていく。その広大な地方の奥底には、これから消えていこうとしている丸く燃え盛る火のように、さまざまな町たちが煙っている。そのような時に、たくさんのじつに奇妙な動物たちが私たちのはるか向こうの前方を走っていくのが私たちには見えるのである。それは豚のようであり、猿のようであり、狼のようであり、大きな猫のようであり、蛇のようであり、足の悪い鳥のようでもある。それらは、悲しい人間が創ってしまった病気の動物たちだ。私たちは森林であるが、その森林の本体に設けられている回廊で、世界の風が狩猟ラッパを鳴り響かせる。飛沫が海原を覆うように、無数の白い鳩が私たちの葉叢を覆いつくす。私たちは王様の船のような金色に輝く村々を運んでいく。東から西に向かって、北を通り南を通り、森林は前進していく。森林は谷を覆い、平原を覆い、丘を乗り越え、河沿いにある丘を覆い、渓谷沿いに一歩また一歩、重々しく、あの村を取り囲み、あの町に襲いかかり占領し、死の文明の残骸を押しやっていく。さらに森林はそれらをまたぎ、乗り越え、重々しい森林の根の下にそれらを埋める。そして、森林が前進を続けるあいだ、トネリコ、ブナ、楢、白樺、楓、柳、ポプラ、セイヨウミザクラ、灌木の茂み、樅、落葉松などが、パオロ・ウチェルロ［フィレンツェの画家］が描いているサン・ロマーノの闘いにおける槍騎兵たちのように、互いに押し合いへし合いしているのにお構いなく、森林は、まるで壁のように、まるで海の波のように、前進していく。一方、向こうの方から、遠ざかっていく狩猟ラッパの音が森林の樹木の枝のなかまで聞こえてくる。ここではすでに、木の根に踏みつけられた廃墟の上にサクラソウの畑が誕生しているし、雌鹿たちの優しい呼び声が呻きはじめている。

遠くで、怪物たちが恐怖の唸り声を出しはじめている。へとへとに疲れ、荒れ地に横たわり、喘いでいる怪物もいる。そのあいだに、緑の森林がいたるところから染みでてきて、四方八方の地平線から上昇し、ゆっくりと前進し、怪物たちを取り囲み、接近し、氾濫する河の水のように漏れでてくる。怪物たちは、自分たちの死の接近に目がくらみ、赤くなった目を閉じている。他の怪物たちは逃げ出し、崩れ落ち、再度起き上がり、ふたたび倒れる。それでも闘おうと身構えながらも、恐怖で恐れおののいている怪物もいる。このような動物たちの描写に私たちは耐え忍ぶことができない。しかし、人間に似ており、時として陽気な姿を見せるような動物もいる。彼らはほとんど気高いとまで形容してもいいような大きな髭をたくわえている。そうした動物を好きになりたいというような誘惑にかられるほどである。叡智と人間の力を具えているような様子をしているからである。動物たちは、まるで神であるかと思えるほど、偉大な創造の力を所有している。その動物たちを子細に眺めると、次のような姿が見えてくる。動物たちの皮膚は工場の膿疱ですっかり腫れあがってしまっていて、石炭の膿を吐き出す煙突を具えている。ヴィシュヌ[七頁参照]のように、極度によく動きしかも非常に長い腕を七本、十二本、さらに百本も持っている。彼らの腕と手には毒がある。その腕と手の影にも毒がある。この動物に近づくものは何でも、ありとあらゆる出血を強いられる。常識、感受性、誇り、勇気、自由、喜びなどの出血である。こういうものすべてが人間から流れ出て、離れていってしまい、人間を空っぽにしてしまう。人間はもう何でもなくなる。人間はもう抵抗できない。人間は動物の奴隷になってしまう。ついには、血液まで人間から流れ出てしまうので、神々しい死が人間の内部に入りこみ、人間は腐敗し、世界のなかで溶けていく。水の上の気泡がつぶれるときのように、人間が破裂したあと何の痕跡も残らない。しかしながら、最高に恐ろしいのは、人間が神々しい死を迎える前に、人間のなかにあるすべてのものを出してしまうこの動物が、人間の内部に地上の死を据え付けてしまうということである。人間はもう何も持っていない。喜びも何も感じることはできない。人間は、死ぬことだけを唯一の希望として持つのを許された状態で、雪と黒い樹木で覆われたこの恐ろしい野原で働くことになる。

　こうした怪物のなかには農民と似ているものもいる。しかし怪物たちの上着の方が美しい。私たち農民が耕作している畑より無限に広大な畑で怪物たちは覆われている。私たちは慣れ親しんでいる大地を計測するために〈一日分〉とか〈ひと袋分〉などと表現しているが、怪物たちの畑はそういう言葉で言いあらわすことはできない。彼らの畑を測るのに、私たち人間が使うような〈一日分〉は利用されない。彼らの畑は非人間的な規模なのである。その畑は千人の人間が生活するに足りるだけの糧を生産することができる。孔雀が装飾用の羽根を引きずるように、怪物たちも自分たちの畑を乱暴に引きずっている。無限に広いその畑は、視界の果てまで葡萄に覆われ、サトウダイコンや小麦を満載した平原なのである。そのような動物たちの毛に、大量の泥が貼りついている。私が大量の泥と形容したものは、砂糖工場だったり、ワインの桶だったり、小麦の倉庫だったりする。それは、猪たちが人間の耕作している畑のなかで転がりまわると、腹の下に垂れさがる泥の塊のようなものである。

　大地の豊かさを破壊するものがいる。それは同時に豹であり鳥でもある。その動物は尻をついて坐っている。そしてカモメの長い翼でもって世界に風を送っている。人間たちが綿花やコーヒーや羊毛や小麦や米や大麻や茶やまぐさや豚の群れや子牛の群れなど、要するに世界の豊かさを燃やしている巨大な猛火のなかへ、その動物は大気の騒動を吹きこんでくる。その動物は足や爪を逆立てている。爪を立てて襲いかかるたびに、動物は政府の銅の印璽（いんじ）につかみかかる。力の限りをつくして、動物は畑を強打し、漁師たちの網を引き裂き、鱈を満載しているトロール船を押しつぶし、肥料の入った袋を引き裂いてしまう。女の胸のように乳を出すことができる肥沃な土壌がある場所でも、動物は自分の尻尾を鞭のように振りまわして砂漠のように荒廃した平らな土地に変えてしまう。尻尾は法律の束のようなものである。その口には顎が二十列も並んでおり、まばらに生えている三角の歯は、草刈り機の歯のようにきわめて鋭利である。その口は絶えず子供たちをかみ砕き、子供たちを飲みこみ、血が滴りおちる二十の舌で唇をなめ、株の相場をわめきたてている。

　私たちが前進するにつれて、私たちの前方では、文明国が逃走する怪物たちで満ちあふれている様子が見える。絶望の法則が、私たちのまわりに見せかけの嵐や、見せかけの季節や、見せかけの夜などを旋回させている。しかし、世界の法則は別にして、種子の発芽と森林の前進を止められるものは何もない。ハイエナの尻を持つ大臣たちは歯をむき出し、吠え、急いで逃げ出し、垣根の下でくたばる。悪臭のせいで私たちの方に引き返してきた鳥の大群が、霰（あられ）の嵐のように私たちの葉叢をぱちぱちと打ちつける。田園のさなかで自らの脂肪を捻じ曲げている［蛇行している］河の近くで、白樺とトネリコたちが巨大な魚と格闘している。今、白樺とトネリコは魚を湾のなかに囲いこんだ。気難しそうな大きな口をあけ、標的のような丸い目を見開き、もう呼吸もしていない腹まであらわにして、その魚はすでに身体の半分以上を水面にあらわしている。河の両岸で、森林は下流に向かっている。楢やブナや樅が通過していくのが見える。そうした樹木たちは歌い、世界を侵略するためにもっと遠くまで立ち去っていく。そこにとどまっているのは、魚の断末魔に興味を示している小さな灰色の白樺だけである。魚は腹を横にしてひっくり返っている。その巨大な魚は、魚を次から次へと気難しい口から吐き出しはじめた。出てくる魚は次第に小さくなっていく。

河岸の住人たちのすべては街道を歩んでいる。ある者は手押し車を押し、また別の者は四輪馬車を引いている。彼らは、三日月のような形をした分厚い刃を具えた大きなナイフを持っている。ある者は手押し車を押し、また別の者は四輪馬車を引いている馬たちを叩いている。彼らは大きな魚を解体しはじめる。肉のなかに坑道を掘り進んでいく。石切り場で石を切り出すような具合に、彼らは大きなナイフをふるって魚に攻撃を加える。彼らは肉の大きな断片を持ち去る。手押し車や四輪馬車に肉の塊を積みこむ。この魚は豊穣という名前だったと彼らは言う。彼らはその魚が他のあらゆる魚たちと同様だということに気づく。つまり、唇を持たず間抜け面をしたその魚は、水のなかでただ精液が浪費されただけで、快楽も伴わずに生産されたものであるということも分かってくる。その肉には味がない。しかし、その肉を食べた者には脂肪をつけさせる。その肉は栄養にならないことが人々には分かる。それは栄養の豊穣ではなく、無意味なものの豊穣である。明らかに彼らは、自動車や飛行機や電話やラジオなどは食べるものではないということくらいは知っているのだが、それらが喜びに栄養を与えてくれるだろうと考えていた。それは文明というものが自分を嵩増しするために売りこんだ妄信である。彼らは、唯一の豊穣とは栄養の豊穣であり、それ以外のものはものの数にも入らないということや、あの灰色の小さな白樺のように立派に生きていくことも可能なのだということに気づいている。その白樺は、彼らの中央に位置しておりながら、大きな魚の断末魔を眺めるためにぐずぐずしているのだった。そのあいだに森林は重々しく歩き、戦闘を続け、まやかしの豊かさを荒廃に導いている。それから彼らはその死体置場から目を離し、小さな白樺に注目する。その白樺はとても健康な状態だということを確認する。

並はずれて繊細な白樺の樹皮に彼らは感嘆の声をもらす。いずれもきわめて優しい薄い赤あるいは緑青色のこれらの樹皮の斑点が、それに触れてみればごく自然な柔らかさを具えているなどということを、彼らはそれまで想像することができなかった。葉叢の輝きが彼らを驚嘆させ、風の歌が彼らを陶酔させる。彼らが急に理解することができた事柄に、今、彼らは打ちのめされている。それは生命ある存在物の完璧な均斉である。彼らには、自分たちの古くなってしまった知性が頭のなかで崩れ落ちていく音が聞こえている。自然は終末を目指して動いているのではなく、自然そのものが終末なのだということを彼らは理解する。彼らの発見のいずれかが援助してくれるということもなかったのに万事が問題もなく行われてきているということに気づき、彼らはしばらくのあいだ唖然としている。頭のなかで大音響をたてて崩れていくあの知性を使ってこれまで発見し発明してきたので、それだけいっそう人間としての隷属状態のなかに自分たちがはまり込んでしまっているということが、彼らにははっきりと見えてきている。樹木の豊かさは手押し車も四輪馬車も労働も必要としないということが彼らには分かっている。彼らは死んだ魚たちや、魚が吐き出している際限のない反吐（へど）に視線を転じる。すでに少しずつ河がそうしたものを水浸しにして、下流に運んでいるということも彼らには見えている。魚は河より強いと思いこんでいた時代のことを彼らは思い出す。そこで、彼らは私たちの反抗の偉大さを理解する。マリニャンの戦闘における槍騎兵たちのように、横一列にひしめき合って到来する樹木たちに向かって彼らは突進する。彼らは樹木たちを抱擁する。彼らは私たちの狩猟ラッパの歌や、私たちの無数の白い鳩のざわめきでもって自らの喜びの歌を歌う。彼らは私たちの雑木林の奥深くまで入りこんでくる。彼らは私たちの内部に、私たちの林間の空地や喜びのなかに、入りこんでくる。灰色の小さな白樺は、前進している樹木たちの前線に位置して自らの立場を取り戻す。私たちは勝利を獲得したとその白樺は言う。

しかし、すでに新たな勝利が私たちの目の前で燦然と輝いている。地面のあらゆるところから新しい木々がほとばしり出てくる。悶絶しながら怪物たちが走っている平らな大地は、木立や、新しい林や、樹木などであふれている。その様子は、仲間の船団の帆が水平線の向こうから姿を見せ、私たちの方にやって来るような光景を思い起こさせる。私たちはそうした樹木や森に間もなく合流する。私たちの森林は、新たな樹木が合流してくるので、その密度を増していく。私たちは地方によくあるようないくつかの大きな町に近づいていく。ある町は周辺に住宅地を持っていない。町の塁壁は平原のところで絶壁のようにすっぱり途切れている。町は私たち［外部から町に近づいてくる者］を恐れている。町は防御と攻撃の態勢を整えている。煙も物音もなく、裸で、鱗の下で丸くなっている町の姿は、まるで頭や手足を引っこめた亀のようだ。蛇の血を思わせるような実業家の冷たさが町を駆けめぐっているのが感じられる。実業家たちは、群れをなす怪物たちを次々にめぐり歩いて怪物たちによる町の防御を指揮している。私たちは接近していく。

不意に、町全体が樹木で満ちあふれてしまう。樹木が壁を突き抜け、さらに屋根や鐘楼や工場を突き破って伸びてくる。不意に、あれほど乾燥しておりあれほど絶望的に見えていたものから、万事がその本当の姿を現す。そして、心の奥底にごく小さな種子しか持っていなかった樹木たちが、途方もなく大きな落葉松やヒマラヤスギや楢や樅や楡に成長していく。樹木ではち切れた町は、森林になる。工場や商店や事務所の仕事に従事して暗い通りで暮らしていた人々、小さな種子や、農民の喜びの記憶や、純粋さに対する欲求や、簡素なものへの嗜好や、生きたいという要求などを（時にはそのことを意識することなく）持って、緑色の血で沸きたぎっていた人々、彼らは鉄の棒のようにまっすぐに伸びる樹木の幹とともに空に向かって飛び出していく。その枝は伝説の枝より幅が広く、その葉叢は雄ライオンや雄羊の毛並みより濃密である。私たちが吹きならすラッパのファンファーレは彼らに向かって飛び出し、彼らを貫通する。町は、樹木を思わせるような彼らの生命力の下で溶解する。私たちは彼らに合流し、彼らに触れ、彼らを抱擁する。町があった場所では、今では、色鮮やかな雲のような鳥の群れが旋回している。

新たに湧き出てきた力強い波が、私たちの戦闘の前線を膨らませる。ずっと前から、平らな大地や丘や山は私たちのものになっている。私たちは、今、大きな町の周辺の住宅地に接近している。田園はくず鉄であふれている。扇状地形の黒い平野では、小さな野菜のひとつひとつの上にガラスの覆いが置かれており、鉄道では入れ替え用の機関車が後ろ向きに動いている。長い倉庫には貨車が眠っている。急に途切れる通りが、動物の平らな鼻面を思わせるような、最後の家の開口部分のない二つの壁をあらわにする。

そして私はお前をふたたび見いだす、パリよ。

私はお前と再会する。

私たちはお前をとり囲んでいるすべての丘の上までやってきて、そこで立ち止まり、お前がこれまで打ち負かしてきたかつての侵略者たちのようにお前を眺めている。しかし、屠殺場の前で馬たちが踊って表現するのと同じあの狂乱の憤怒にかられて、私たちは震えている。お前は私たちの死を生産する工場だ。私たちはお前から略奪しようとしてやってきたわけではない。お前を破壊するためにやってきたのだ。お前はもういかなる繁栄も守ることはできない。私たちは世界の繁栄のすべてを掌中にしている。私たちはお前を偉大な単純さと偉大な論理でもって破壊するためにやって来た。小麦を使ってお前を消し去るつもりだ。お前がついに何かを生産するだろうと聞いて、私たちはせせら笑っている。他のどのような土地と比べてもひけをとらないくらいに人間的だったこのイール＝ドゥ＝フランスという大地から、お前は粗野な宮殿を引き出してきた。それは法律を無理やり押し付ける建物であり、芸術の国王であり、リンの倉庫でもある。そこには、死滅した知性の役立たずの結晶体が眠っている。莫大な重量の樹木を担うこともできるこの大地から、お前は人工的な力を引き出してきた。それは自然界に娯楽に興じるよう強制するものであった。お前は青少年たちをまやかしの神秘思想でまどわかしてきた。虐殺されてしまった詩人たちの視線がまだ生きのびているお前の灰色の空の素晴らしい優しさの下で、お前は男たちをまやかしの豊かさのために働かせてきた。

私たちは樹液と血液で構成されている自然の文明である。地平線の四方から、動いている森林がお前の方に下っていく。しかし交戦する必要はない。最高に神秘的な山のなかの谷間を満たしている森林よりももっと美しくてもっと健康な森林が、お前のなかからほとばしり出ている。お前のルーヴル宮殿は炸裂し、お前の大聖堂は崩壊し、お前の鐘楼は難破した船の帆のように転覆する。噴出する樹液がお前の壁を持ち上げ、それを引き剥がす。樹木の葉叢が、お前が囚人にしていたあの群衆から躍り出る。お前が気づかないうちに、私たちはすでにお前の冷たい知性は厄介払いしておいた。もっとも従順な者たち、もっとも脆弱な者たち、もっとも痩せ細っている者たち、五百グラムの脂身を食料はこれしかないとでもいわんばかりに互いに取り合いしていた者たち、こうした者たちが心のひそかな片隅に自然の種子を保存し続けていたのであった。その種子が今では花を開いている。他の町よりなおさら――お前という町における人間たちの服従はいっそう絶対的だったから――、お前のなかから出てくる人間たちの木立は私たちを喜びで感動させる。私たちはこの新しい樹木たちを、私たちの風と私たちの鳥のすべてを総動員して呼んでみる。その樹木たちは私たちとの遭遇を目指して殺到してくる。完璧に知的だった肉体から解放され完璧に純粋な状態で生まれるために彼らが行った莫大な努力のせいで、その葉叢は今でもなお血にまみれている。私たちはその樹木たちを抱擁する。そしてそこに鳥たちを住まわせる。私たちは樹木たちとともに大通りに入っていく。私たちは私たちの枝でもって家々に擦り傷をつける。樹木［私たち］と家が入り混じる。

聖なる蛇たちよりもっと力強い根で私たちは通りを耕していく。私たちは屋根を覆い、梁にのしかかり、建物の骨組みを押しつぶし、壁を押し倒し、大海のなかで最高に荒々しく揺れている桶[渦]のなかで泡立っている泡のように、崩落する建物のなかで沸騰する。地面が震動する。まるで雷鳴が地下を駆けまわっているようだ。樹液の雷雨が最高に誇り高い土台まで揺り動かしてしまう。溶岩流のように鮮やかでどろどろした、キズイセンが生えている流れが、森の下草をゆっくり水浸しにしていく。その流れによって、私たちはごわごわしている町を少しずつ消し去っていく。森林の呼び声は河の山彦のなかで響きわたる。建物が崩壊したさいに舞い上がった埃は消失していく。私たちの葉叢の上に鳥たちが舞い降り、ついで沈黙が訪れ、やがて燦然たる輝きがあたり一帯を支配する。

西方の奥底から家畜の群れの鳴き声が応答している。穏やかな大気の途方もない広がりを突き抜けて、その声はここまで届いてくる。あらゆる果樹園や小麦畑や耕作地などの反響や、大きな広間を擁している農場を揺り動かす家畜の唸り声を、その声は運んでくる。その時、農場の周辺にいる牛たちはみんな揃って牛飼いの呼びかけのような唸り声をあげる。鳥たちの一族でもっとも力強い青首の鳩たちが、地方に向かって出かけていく。何日ものあいだ彼らは一直線に飛翔を続ける。多彩にきらめく鳩たちの小さな目は、いろんなものが幅広く散乱しているのを見届ける。彼らは周囲の影響を受け入れるのに限りなく長じている存在である。宇宙のごくかすかな意図でさえ、河の渦が小さな木片を運び去るように、鳩たちをやすやすと連れ去っていく。彼らが出かけていったのはそのためである。世界の調和が彼らを動かしたのであった。彼らには同時に、二つの円弧が結びついているのが見えている。地球と、地球を覆っている空の円弧である。熱い息づかいが登ってくる南の方に、彼らは向かう。野原や街道や農場や村や果樹園などで構成されている開かれた森林の上を、彼らは飛んでいく。怪物を思わせるようなものはもう何も現れてこない。南の方の奥底の地平線の上に横たわっている空の帯があるばかりだ。その鼓動している緑色の帯は、はるか彼方にある海である。また、東の方にある山の堆積は、薔薇の花が入っている籠のようにきらめき、鳩たちが飛翔している高みまで上昇していく。また、太陽は森林の呼吸のなかで虹を描き散乱する。しかし、そうした怪物たちの本性は納得のいくものなので、単純きわまりない心を具えている英雄的精神がひそかな喜びを味わうことも可能である。青首の鳩たちは世界のまんなかを飛翔することができるのでうっとりしている。海からあがってくる熱気、山から下りてくる寒気、太陽光線の執拗な攻撃などを受けながら、空は大地の上空を、まるで馬のように、疾走し、反転し、そしていなく。空は、自分の腹の下を吹いている風に乗せて、草原から折り取った雛菊を運ぶような具合に、鳩たちを連れ去っていく。しかし、鳩たちには景色の細部と全体が見えている。いくつかの農場が下にある林間の空地に見えている。

男たちは耕作している。全身を緊張させて前を歩いている赤毛の馬は、土を切り裂いていく犂を引いている。種を蒔く男たちは一歩また一歩と前進し、互いに交差し、小麦畑のごわごわした布地を織っていく。女たちは小川で洗い物をしている。別の女たちは料理をしている。男たちは長柄の鎌を研いでいる。納屋を作るために梁を運んでいる男たちもいる。子供たちは羊の群れを先導している。両手でラッパの形を作り、それを口に当てて、女たちは畑に向かって呼びかける。行商人たちは箱を携えて街道を歩いている。召使いたちは、馬具の飾りを作るために緑の柳や赤い柳や黄色の柳を編んでいる。男たちは家を建てている。壁のあちこちにはまだ竿が突き立てられている。子供たちが誕生する。お産をしている女のまわりに女たちがいる。大きな火が燃えている竈の上の鍋のなかで湯が沸きたぎっている。きれいに洗われるとすぐに、子供は日向に運ばれる。父親は最上のワインの栓を抜く。今ではもう笑いはじめている妻のところに彼はそのワインを持っていく。車につながれた馬たちが街道を疾走している。並足の馬たちはジャガイモを積んだ四輪馬車を引いている。横並びにつながれている三頭の馬は、軽快な四輪馬車の乗客たちをギャロップで運んでいる。乗客が手を挙げて挨拶する。そうすると、耕作者たちや羊飼いたちも手を挙げて挨拶を返す。乗客は出かけていくよ、と手で合図する。耕作者や羊飼いたちはお元気で、と手で合図する。車は飛び跳ね、道を走り、音をたてる。

羊の群れは乾燥した草の上を歩いている。無輪犂が叫ぶ。馬たちは首輪を揺り動かす。石工たちが鏝（こて）の隅であちこちを叩く音がする。白樺の木立が震える。森が唸る。森の身振り、物音、形態、色彩、これらが巨大な音楽を作りだす。その音楽のすべてが調和し、すべてが助け合い、自分の満足を見つける。みんなは森林に連れていってもらうのが好きなのだ。みんなは森林の行き先を信頼している。率先してリズムをとっている人物のことは、誰も不安感を抱いていない。彼が自分でやるべき仕事を心得ているとみんなは感じている。農民たちのすべてはその音楽に心を奪われ、それに聴き入っている。農民の生活の諸要素がそれぞれその音楽の一部を構成している。耕作すること、雌羊を飼うこと、種子を蒔くこと、壁を建てること、子供を作ること、小麦を刈ること、パンを作ること、建築物を構築すること、自分を構築すること、世界の豊かさを構築すること、あらゆる感覚を同時に喜ばせる音の総量のなかに自分を組み入れることなど。乗り越えがたい論理が、森とともに、バッハのコラールの半音階的な均衡を保ちつつ、踊り場から踊り場へと人間たちの希望を上昇させていく。その希望は、太陽光線と同じく、空では斜めになっており、空間の奥底で金の惑星に結びつけられている。そして、バス、アルト、テノール、ソプラノという四頭立ての馬を疾走させてその惑星に向かっている。情熱にかられている馬たちは、主人である人間の手によって操縦されることにより、静謐という堂々とした表面に向き合って後ろ脚で立ち上がる。

ついで、沈黙と、豊かさに満ちあふれた平和が、訪れる。

V

人間の豊かさは自分の心のなかにある。人間が世界の王でいられるのは自分の心のなかにおいてである。私たちは生きていくのに、それほどたくさんの物を所有する必要があるわけではない。

私は山の友人たちと別れ、自宅に戻る必要があった。ふたたび、さまざまなことを書くという仕事をこなさねばならないからである。私は樵（きこり）たちの山道を辿ってラ・クロワ＝オート峠を越えた。峠の上では、大ビュエシュ川の谷間が開けている。その谷はデュランス河の谷間まで下降していく。だから私としてはその谷間に沿って下っていけばいいだけのことである。

レ・リュセットの集落を通り抜けていると、鍛冶屋のニコラの仕事場に火が満ちあふれており、火花が飛び散っているのが見えてきた。鍛冶屋の親方と見習い職人が鉄床（かなとこ）で馬の蹄鉄を鍛えているところだった。金槌が飛び跳ね、まるで何本もの腕が回転しているかと思えるほど、腕が肩のまわりで円弧を描いている。山では間もなくいたるところで雨氷（うひょう）が降るだろうから、それに備えて冬用の鉄製品を彼らは準備しているのである。リュスの村は、荷物を満載した荷車のように軋み、はじけるような音をたてている。狭い道で牛たちを前進させたり後退させたりするためのさまざまな叫び声が私には聞こえてくる。黒い湖に向かってせりあがっていく峡谷を見下ろしているル・ガルヌジエ山やそれ以外のすべてのエギュイユ（針峰）は、すでに雪で覆われている。私が辿っている街道のこの周辺では、楓の葉叢は枝の先端にのしかかっている氷の重みで垂れ下がっている。活発な太陽が大地や凍っている樹木に触れるとすぐに、その光線はありとあらゆる色彩を具えた無数の断片に分割される。その地方のあたり一帯はきらめいている。街道を歩いているのは私だけである。一歩進むごとに、脚にからまりついてくる虹の断片を運ぶことになる。ヴォニエールの突き当たりにある四軒の大きな家から煙が出ている。集落はその四軒ですべてである。家畜小屋の蒸気が、大きくて丸いドアの下からにじみ出て、壁沿いにゆっくり上昇していく。村人たちが急流の限界まで耕してきた畑では、畝のくぼみに霜がたっぷりおりているが、畝の背は黒いままであり、炭のように輝いている。ここでは万事が秩序だっており、万事がすでに用意万端整っている。まったく何も変わっていない。上のモンタマでもレ・ゼシャレットでも、これからも何も変わることはないだろう。

このあたりの大部分の家では、台所の暖炉の上の、塩の箱と蝋燭立てのあいだに私の本が何冊か置かれている。村人たちは私の本に書かれていることをありのまま受け入れる。それらは希望が得られる単純な物語である。〈ボミューニュ街道〉という道路標識が立っている分岐点を通りかかる。私はそこでしばらく立ち止まる。大気は凍りつくほど冷たい。火を食べる人間のように、私は口から煙草の煙を吐き出す。ビュエシュ川の青い水は、油のように音もなく流れている。道が開けて続いていることを指示する岩〔道路が通行可能であると岩に表示されている〕に吹きつける風は、変わることのない音を発している。ここで二作目の物語〔『ボミューニュの男』〕を書いていた頃に私が舞い戻ってきたような気持になる。あなた方は本当に何でもやってくれた。私を援助してくれたあなた方のところに帰ってきているような気がする。あなた方は本当に何でもやってくれた。私があなた方のことを理解するのに苦労しただけのことだった。ずっと以前から風を共有しているこの岩と同じ種族にあなた方は属している。赤い枝を伸ばしているハンノキの下で静かに滔々と流れていくあの厳しい水のように、あなた方は明晰だった。あなた方の思考の高みまであがっていくための努力だけが私には必要だった。ある樵がタールで〈ボミューニュ街道〉と書いた木製の標識を見るために、毎朝のようにこの分岐点まで歩いてくるのを習慣にしていたということを私は思い出す。そのあと私は家に戻ってあの物語をあれこれと想像したものであった。あの物語について、ある日、あの物語は真実よりももっと真実だとあなた方は言ってくれた。私は今もこの言葉を破廉恥にも繰り返している。この表現は私の全生涯に対して責任を持っているからである。私はあなた方以外の何者かになりたいなどと考えたことはそれ以降一度もなかった。四季が周期的に舞い戻ってくる時間の流れのなかで、私は倦むことなく仕事を続けた。私はあなた方を劇的な人物に変貌させたりしなかった。私はあなた方を私自身と緊密に混ぜ合わせることによって、互いに共通の悲劇を表現しようと試みた。あなた方の厳しい生活を私のために編成していくにつれて、私は神々の純粋さや豊かさに比べられるほどの純粋さと豊かさを自由自在に楽しめるようになっていった。

あなた方はごく自然に楽しくまたじつに元気に暮らしていたので、私は、そのような生活が提供してくれる有益な効果を自分の内面のなかで不器用にも辿ってみようとしたのだった。極度に不純で激しい絶望の時代に私たちは生きているので、預言者たちが表明していたアプサントの時代が到来しているのではないかと私たちは思ったほどだった［『ヨハネによる黙示録』Ⅷ、一〇―一一］。辻褄の合わない欲求を持たないおかげでそうした時代とは隔離されており、素晴らしい貧困を持続させていけばそれで事が足りるということが分かっている仕事の達人であるあなた方は、私たちのなかの最良の人間たちにも忍び寄ってくる道徳的な貧困というものを想像できない。それは独裁的な法則に隷属して暮らしている人々の物質的な貧困である。あなた方はそうした物質的な貧困に援助の手を差し伸べることを望んでいるように私には思えた。あなた方の平和は、あなた方がよく承知しているように、善意のある人なら誰でもそれを所有することができるような類の平和である。あなた方の貧困の外套は、地上で得られる本当の天国の豊かさを覆い隠している。繊細な感受性を持っている人間の幾多の可能性は彼自身のなかに蓄えられることになるので、そうした可能性は、歯車［運命の歯車］が回転している限り、永遠に彼の所有物となる。だからして私は春や夏や秋や冬を、さらにまた巡ってくるさまざまな季節を描写したのである。そうした季節が世界に実際に戻ってくるとき、季節はいつも「手に取って、さあ早く手に取って、これはあなたのものだよ」と言い続けている。人間たちは、自分の父親が坐っている食卓で、食べはじめようとしない子供たちのような存在になってしまっているからである。しかし、最後には、子供たちだって、食卓に腰をおろし、食べるようになるものである。

今日、白樺の茂みのなかで、「戸外が凍結しているために煙を吐き出している「ストーブで暖房している」これらすべての暖かい家で暮らしている友人たちよ、あなた方の家を訪問するために立ち止まるということを私はしないであろう。みなさんに気づかれないように私は街道を歩いていく。そのことを知ったらあなた方はちょっと根に持つだろうということも私は知っている。だがしかし、私はあなた方が味わっている喜びについて語るという義務を自分に課しているので、何としてもそれを一刻でも早く実行に移す必要がある。あなた方の暮らしぶりだけが唯一理性的なものだと私は考えている。そうした生き方こそ、自分が何者でもないということで悲観的になっている、さらに自分が何者かになるなどということは絶対にありえないことだと確信している、若者も老人も含めて、現在の人間たちのすべてを絶望から救出することができるだろうと私は確信している。彼らは、金の階級性に基づいて構成されている現代社会の哲学によって、何も感じ取ることができない機械的な人間に変貌させられてしまっている。その結果、すべての人間は、つまるところ親分と言われているような人でさえ、役に立たないものをそれと気づかずに生産することしかできないような人間になり下がっているのである。そうなのだ。あなた方がこうした人間たちを救い出すことができると、私は確信している。そして、早い機会にもう一度あなた方のことを私が語る必要があるのだ。というのは、あなた方や私が〈粗悪なインテリ〉と呼んでいる人たちが、あなた方のことをまるで獣に等しい存在であるかのように書き立てているのだ。

動物でさえ持っていないような感情の命ずるがままにあなた方が行動しているなどと彼らは吹聴している。私たちは動物のことなら詳しく知っている。それはごく単純に言うと、世界のさまざまな出来事に対して、あなた方が、自分たちの頭脳を使えば自分が神のような存在になれると思いこんでいるような人々にとっては、理解不可能な反応を見せるからである。急いでもう一度私はあなた方について話す必要があるし、そのあとにも、ふたたび急いで、できるだけ早いうちに、あなた方のことを話さねばならない。これまでさまざまな季節や世界や樹木や動物や鳥や鹿や魚などについて書いてきたのと同じように、私はずっと語り続ける必要がある。何故なら、あなた方は万物の一部を構成しており、まさにそのことがみんなの救済手段になるからである。巧緻にドラマを構築すること、私にもおそらくそれはできるであろう。だが、私の役割は器用にドラマを作ることではなく、読者の心のなかに何かをやりたいという欲求が沸きたぎってくるようなドラマを作ることである。だから、友人たちよ、私は急いで家に帰らねばならない。何故なら、彼らの姿を見ればわかることだが、あの人たちはみんな衰弱しており、空腹感も感じなくなっているからである。私たちが生きているうちに何かの役に立とうと望むなら、一刻でも早く手を打たねばならないのである。

私はサン＝ジュリアン＝アン＝ボーシェーヌの村の中を通り抜けることはせずに、村を左手に見ながら、ビュエシュ川の土手沿いの道を歩いた。私は牧草地を横切っていく。かつてそこを歩いたときの自分の足跡を見つけるのも難しくはないだろう。楓の林のはずれにある森林監視人の建物のなかからドアが開く音が聞こえてくる。クレマンはこれから蜜蜂の巣箱を見にいくのだろう。彼は牛乳と蜂蜜で昼食を終えたばかりだ。今、彼は小径を歩きながらパイプをふかしている。灰色のラヴェンダーは霧氷ですっかり覆われている。そのちょっとした氷の重みさえあれば、ラヴェンダーはふたたび香りを発散することができるであろう。蜜蜂の巣箱は東向きの壁に守られている。そしてその巣箱は、姿を見せたばかりの太陽光線をたっぷり浴びている。蜜蜂は山に生息する品種である。寒いけれども、蜜蜂たちはまだすっかり麻痺してしまっているわけではない。樹液を吸うために樅の茂みまで飛んでいく蜜蜂の姿が見える。今日は寒いが、太陽は明るく透明である。こんな日には、クレマンよ、巣箱に気を配って、冬の準備を怠りなくしておくがいい。せっせと働く蜂たちは、夜が長くなると元気がなくなってくる。入念に蜂たちを観察してやるんだよ。樹木まで飛んでいってから戻ってくる蜂が君の手にとまるように工夫しなさい。私たちが前掛けと呼んでいる、前胸と腹のあいだにあるあの小さな緑っぽい皮膚が震えているようだったら、ためらうことはない。その蜂を巣穴の前に移し、蜂が巣穴に入れるようにしてやるがいい。納屋の下に行き、巣箱を冬のあいだ置くべき場所を片付けなさい。太陽が正午を示したら、巣箱をその避難場所に運びなさい。巣箱が板でできているのなら、麦藁で覆ってやりなさい。麦藁の巣箱なら、多少の乾いた石膏で軽く覆ってやりなさい。巣板に充分な栄養物が残っているかどうかよく見なさい。朝、金色のニスを塗られたお椀のなかに入った蜂蜜がテーブルの上にあれば、それは君の喜びになる。しかし、その喜びが更新され、ずっと持続していくためには、眠っている蜂たちにいくらかの蜜を残してやる必要がある。君が周辺の生命を維持する術を心得ていれば、その喜びは続いていくことであろう。神々はその喜びを君の愛情の力だけに委ねているのだということを、ぜひとも覚えておいてほしい。

誰かがモンブラン［アルプスのなかのモンブラン(Mont Blanc)ではなくて、このあたりにあるモンブラン(Montbrant)という村］に通じている街道からやって来る。ギヨーム・ベルジェにちがいない。白くて大きな雌馬に彼はまたがっている。そのあとに従っている子馬は、飛び上がったり、霧氷のきらめきに突進したり、太陽光線を受けて白樺の樹皮のように艶やかな皮膚を輝かせたりしている。時おり、子馬は母親に近づきその腹の匂いを嗅いでいる。雌馬は並足で歩いている。その大きな太腿は柔らかなバラ色の乳房を覆い隠したり露わにしたりする。乳房はとても温かいので、牛乳の蒸気のような湯気が少しにじみ出てきている。子馬は乳首を吸おうとする。欲求にいらだち、子馬はたてがみから尻尾にいたるまで全身で震える。子馬は馬に乗っている男の脚を押す。右から押したり左から押したり、四本の脚で滑ったり、坐りこんだり、起き上がったり、ついには水浸しになったロバのように悲しい声を出して泣いたりする。男と雌馬は面白がっている。やがて彼らは子馬を満足させてやる。彼らは立ち止まり、男は脚を曲げる。そうすると子馬は母親の腹に頭を力いっぱい押しつけてごくごくと乳を吸いはじめる。心配はいらないよ。彼らは三人(一人と二頭)ともこの瞬間の美しさには敏感である。あまりにも静かで自然なので、凍りついた朝は、明るい空の下で、急に眠りこんでしまった。

急いで駆けつけて、藁ぶきの屋根の藁をふきなおさねばならない。刈り穂のところでかつての収穫の匂いを長々と嗅いだりしていてはいけない。地上では新しい収穫の準備が整っている。そのために君は元気な状態を保っておかねばならない。君が藁の束を結んで、苔が生えてすでに重くなっている古い藁のあいだにその藁を継ぎ足していくとき、君は自分が暮らしている頭のすぐ上で働いているということを思い出すがいい。雪解けの季節が訪れ、君のベッドや揺りかごの上に雨が降ってきても、藁ぶき作業の責任者を遠くへ探しにいったりしてはならない［君こそ責任者なのだから、雨が漏ったりしないように、しっかり仕事をしておくことだ］。

流れに生えているガマはまだ刈り取られていないのが見える。春になれば、丈夫で大きな籠が足りなくなっているだろうと思う。すでにこの冬、屋根裏部屋から乾燥させている茸を下ろしてこなければならない時に、早くも足りなくなるかもしれない。新しくて美しい壺のなかにきちんと並べられたガマの蓄えを見ると、心が躍る。回転装置に載せたガマをまわして、古代ギリシャの壺や桶と同じくらいに美しい籠を作ることができるということは、君も知っている。雪が降るまで待たずに、冬の前に照りつける太陽をうまく使って、籠の蓄えを作っておくがいい。冬の星座が輝くようになると、暗い朝と暗い黄昏のあいだに日差しは少ししか望めなくなるのだが、そのような季節になると、暖炉の前に坐って、創作の楽しみを味わいなさい。籠作りの作業をしていると、神が時間のなかに住んでいるということが君にも分かるであろう。音を出さない音楽が君の指を独占し、指の動きを導いてくれるということが感じられるだろう。音楽は君が産み出そうとしている籠の形の女主人である。指が動くがままに作っていけばいい。大いに楽しめばいい。君は本質的な法則を操作しているのである。あとになって、自分で作った籠や桶を眺めるたびに、君はそれを作った日々の喜びをもう一度味わうことができるであろう。

あなた方は私にこう言うだろう。「山のなかの農民で、そのような美しい素朴な形態の誕生に触れて魅了されるなどということができる人間はまれにしかいない」と。あなた方はそういうことについて何も知っていないと私はまず答えるだろう。さらにこんなことも言っておきたい。「この間の事情を心得ているのに、あなた方は何の喜びも感じないと言うのですか? あれほどお祭り騒ぎが乏しい時期に、何故あなた方はあのようなことをやってみようという気持にならないのですか?

あなた方は力ではちきれそうなのに、家畜小屋で、まぐさ桶に鼻を打ち当てているだけで、何もしないでじっとしている。そんなことをしていると、最高に美しい馬たちまで死んでしまいますよ。あなた方を繋ぎとめている端綱を切るには、ほんの少し頭を挙げさえすればいいだけなのに、自分は繋ぎとめられているので動けないなどといったことは言わないでいただきたいものだ」

学生たちがしばしば私のところにやって来る。彼らの青春はとても厳しい。私は彼らの将来の計画について訊ねてみる。私は彼らの辛さにびっくり仰天し、彼らの苦しさをともに味わう。彼らの話を聞いていると、まるで私自身の一部分が死んでいくように感じられる。厳しい試験や難しい競争試験に合格するための準備に長い年月——しかも「青春という」最良の年月——を捧げている、あるいは捧げてきたと彼らは私に教えてくれる。彼らは免許状を持っている。その免許状にふさわしいポストを手に入れることができないと彼らは愚痴をこぼす。彼らの前にある人生はまっくらである。私が彼らに喜びについて話してみたところ、彼らの若々しく厚い唇がすでに老人の微笑を知っているということに私は気づいた。その唇を見つめていると、そこには、やはり、若者にふさわしい美しさがたたえられていることが分かった。それは明らかに最良の年齢である。しっかりした鼻は、下部がいくらか広がっており、大気を呼吸し大気を味わうのに最適の開口部を持っている。石工に特有の顎や、正確に光っている目も具わっている。彼らは田園の誇りと言えるであろう。しかし彼らは教師や財務検査官や天文学者になれないので絶望している。

他の者がこのような学生の立場にいたとしても、君が心配することはない。彼らには好きなようにさせておけばいい。人生では成功しなければならないと君は誰かに言われたにちがいない。私なら、生きなければならないと君に言いたい。生きることが世界で最大の成功なのだ。「君が知っていることを利用すれば、君は金を儲けられるだろう」と人々は君に言った。私なら「君が知っていることを利用すれば、君は喜びを獲得できるだろう」と君に言いたい。この方がはるかにいい。誰もが金に殺到する。競い合って金を求める人たちが重なり合っているので、そこに割って入る余地はもうない。時として乱戦から出てくる者がいるが、顔は青ざめ、足元がおぼつかなく、すでに死体のような匂いを発散しており、視線は冷たい月の光に似ている。両手には沢山の金を握っているが、生きていくための気力や品性がもうなくなってしまっている。そして生命は彼を拒絶している。喜びが得られる場所では、急ぐ者は誰もいない。喜びは世界のなかで自由であり、孤立した林間の空地に生えているツルボやイブキジャコウソウの上で、ひとり妖精の遊戯を演じている。高地の住人がそうした喜びに無感覚だなどと思ってはいけない。彼はその喜びを知っており、時には喜びを捕まえることもあるし、喜びとともに踊ることだってある。朝霧よりもっと柔らかなそうした喜びのなかには、他の何にもまして、君だけのために取っておかれているものがあるというのが実情である。喜びは経験豊かな精神や、君には習慣になっているような優雅な思考を望んでいる。それなのに、みんなのなかで一番見事に武装している君がそんなところで絶望しているとは、困ったものだ。君は学問をおさめただけでなく、学問を修正することができる若さまで掌中にしているのではないか……。

グランド・ゼコール[大学とは別の高等教育機関で、大学より格が高く、独自の選抜試験を実施する]出身で、全身栄光で包まれていながら、父親の鍛冶場つまり職人の作業場に、あるいはまだ老人が手に犂を握って働いているような畑に向かう、こうした青年にもまして神々の意にかなうものは何もない。教授職に就任する代わりに、彼は一日中馬のために蹄鉄を鍛える。この青年はテーブルや衣装箪笥や食器棚や大きな捏ね桶などを、その匂いを嗅ぐだけで競争戦車の四倍の力が湧き出てくるような立派な木材を用いて、組み立てる。彼は筏乗りの長靴や、御者の金具付きの靴を作るために、革を裁断したり縫い合わせたりする。彼のかたわらに坐っている男は、彼が仕事している様子を見つめ、彼に話しかけ、彼の仕事ぶりを尊敬する。彼は耕作し、種を蒔き、鎌で刈り取り、脱穀する。すでに、自分の自由な仕事に、彼が加工している素材に、彼が果たしている人間としての有用性に、彼は敏感になっている。彼の豊かさは彼の給料に依存しているわけではなくて、彼の喜びと関係しているのである。彼は喜びを鉄や木材や革や小麦のなかに見出している。自分自身を掌握することに、また人間が自然に従属することに、彼は喜びを見出している。学識のおかげで、彼は明晰で鋭敏になっている。この手仕事に従事することにより、彼は日毎に自分の学識が繊細になり充実していくのを感じている。手仕事をしていると、宇宙のありとあらゆる法則が彼の両手のなかで混ざり合ってくるのである。彼がガマを渦巻きのように回転させながら籠を編みあげていくとき、暖炉の近くに坐って君がその様子を見つめていても、彼のリズムの理解の仕方に君が物申すことはもうできないであろう。鍛冶屋が文学の教授資格者だと知るのは楽しいことである。彼は仕事場のなかで壮麗な詩を持っている。耕作者が数学における高度な称号を持っていると知ることは素晴らしいことだ。数字の法則が山のなかに、森林のなかに、昼間の空や夜の空に存在することになる。自らを自由な状態に保ち、自分の仕事に愛着を抱き、魔法の武器と翼に囲まれ、健全な女性とともにじつに健康な生活を送って丈夫な子供を作り、田園の平穏のなかで生涯を過ごした男、このような男が成功したとあなた方は考えるだろうか？　学問を職業にしてはならない。学問というものは内面の高邁さを示すものでしかない。せっかく学問をおさめたのに、畑を耕したり材料を加工したりしているのでは自分の価値が下落してしまうなどと考えてはいけない。リュスの峠の石切り場で労働者に混じって働いていたあの哲学専攻の学生に遭遇したとき、私は時代の厳しさを呪ったわけではなかった。私は十回もそこを訪れて、彼とともに夕べを過ごした。彼にそれ以上のものを望むことはできなかった。英雄のような胸だったし、陽気な力が優雅に彼を動かしていた。フランス山［詳細不明、ジオノが創作した山？］を支えているあの岩だらけの主脈に、燧石の強固な岩盤を切り開いて坑道を掘り進んでいた。彼の下には、森林や、林間の空地や、さらに畑や村が息づいていた。彼は書物を手元に置いていた。そしてそれを読んでいた。プラトンやヘシオドスの本を持って、あるいはウェルギリウスの小型本を携えて、彼は急流のほとりに出かけていった。時として、読書を中断して釣り竿で虹鱒を釣ったりした。ポーランド人が切り盛りしている会社の寮で彼は暮らしており、日曜の朝になると、アヌーシュカ［寮の管理者の娘？］とともに、彼女が彼に教えてくれる茸を探すために、森に出かけていった。彼は袋のなかに英語版の部厚いシェークスピアを忍ばせていた。彼と少女は夕方になる頃にやっと戻ってくるのだった。少女は彼のことをまるで神のように崇拝していた。事実、彼の表情には均衡のとれた知恵が読み取れるのだった。その知恵のおかげで、彼の唇は静かで、その周囲には穏やかな雰囲気が醸し出されていた。

これが私が君に望むすべてだと思ってほしくない。私は君にはもっと美しくあってほしい。貧困というものがなければ、君は何も所有できないだろう。しかし、君の労働に対して乾燥した紙幣が支払われるはずだから、君は貧乏になる権利は持っていない。金銭の上に築き上げられているこの社会を、君が幸福になる前に、君はまず破壊しなければならない。人間が所有するものがそれを所有するために払った労力に値するなら、所有するということはまさに人間の栄光となるはずである。人々が君に提案することは、そのために苦労するに値しない。私たちが暮らしている時代が苛立っており震えているということは君も充分に感じていることだろう。あまりにも多くの人間が自然の喜びを剥奪されている。すべての人間がそうだと言い直してもいいくらいである。何故なら、もっとも裕福な人間でさえ、充実しているわけではないからである。彼はいつでも哀れな人間でしかないのである。未来の世代の人々のために自分を犠牲にしなさいと私は君に言っているわけではない。現在を生きている人々を騙すためにしばしばそのような言葉が使われる。私が君に言いたいのは、君自身の喜びを作れということである。自然に生きるがいい。現代社会ではそうすることはまるで狂気の沙汰のように思われているので、そうした生き方が論理的だと考えるような社会を導入しなさい。そうした社会が現実のものになるには、君が手でちょっとひと押しすれば、わずかそれだけで充分なのである。

おとぎの国について私は君に語り続けてきた。おとぎの国が夢のように美しいといって君は非難するだろうか？　ぜひとも君にこのおとぎの国を見せてあげたいものだ！

君が剥奪されているもの、それは風、雨、雪、太陽、山、河、森林、こうした自然現象から得られる本当の喜びである。こうした喜びこそ君の祖国であると形容すべきものである。それと引き換えに君に与えられているのは、経済的な祖国であり、若者たちの犠牲を周期的に要求する怪物である。君は恐怖を覚えながら、火曜日ごとにテカトリポカの祭壇で人間たちがまるで葡萄の房のように摘み取られて「犠牲にされて」いたという、昔のメキシコのあの時代のことを考えている［フレイザーの『金枝篇』への言及］。人々が君のために考案した祖国は今でもいっそう旺盛な食欲を示している。君の祖国は、上半身が火で燃えているジャガーと同じくらい君から遠く離れたところにある。この非人間的で残酷な法則の束に君を人間的に結びつけているものは何もない。君の足や、君の腕や、君の心臓や、君の唇などのために作られているものは何もない。君の知性は、その怪物から自分の身を守ることができない。怪物は聡明な唾やアルコールを口から垂らす。その結果、君は怪物の腹で燃え盛る火炎のなかに投げこまれることを盲目的に受け入れてしまう。

死者はすでに死んでしまっている。彼らがドアの向こうにいってしまうと、彼らはもはや自然の目的に奉仕することの他にはもう何もできない。肉体と魂の両方とも。死者たちが祖国に有益であるなどということは断じてない。しかしながら、君の生命の廃止は偶像を操っている者たちには役にたつ。彼らは、人間に具わっているはずの自然を歪曲してしまうのである(小麦の場合と同じ原理である)。

君が剥奪されているのは、風や、雨や、雪や、太陽や、山や、河や、森林などがもたらしてくれる本当の豊かさである。要するに、人間の本当の豊かさを君は剥奪されているのである！　万事が君のために用意されていた。君のもっとも暗いところにある静脈の奥底では、君は何でも味わうことができるように作られていた。死が訪れると、心配は無用だが、万事は論理的に展開していく。だから、せいぜい最高度に豊かになるよう努力するがいい。そうして、君はありのままの自分になればいいのだ。

訳者解説

概観

この作品では、ジオノが一九三四年に発表した『喜びは永遠に残る』[1]のなかで追究しようとした生きる喜びや本当の豊かさを浮き彫りにするために、『喜びは永遠に残る』の愛読者たちと共に過ごした人跡稀なル・コンタドゥール高原のキャンプ生活の回想にはじまり、ジオノがパリの定宿にしていたホテル・ドラゴンの記述やオイディプスの物語の一挿話、さらにジオノ一家がヴァカンスを過ごしていたル・トリエーヴでの日々などが語られていく。

全五章のすべてにおいて、この本のタイトルになっている「本当の豊かさ」がさまざまな角度から描写されている。本当の豊かさとは、自然のなかにそして私たち自身の心のなかにのみ存在するとジオノは言う。そして、その豊かさは、いったんそれを自分のものにしてしまうと、誰にでも分け与えることができる。そうすることによって私たちは喜びと平和を味わうことができるのだ。

つまり、一般的に豊かな生活というと金銭的に潤っており、豪勢な住宅に住み、高学歴の家族に囲まれているといったことを私たちは想像するかもしれない。そうした物質的な豊かさは本当の豊かさであると言うことはできないとジオノは指摘している。金持にならないと豊かな生活ができないとすれば、金とあまり縁のない人間は永久に豊かさに近づくことができなくなる。ところが、ここに豊かさの独特の本質がある。じつは、本当の豊かさというものは私たちから遠く離れたところにあるわけではないというのである。それは誰の周囲でもほとんど平等に取り囲んでいる自然や、私たちの心のなかにのみ存在する類の豊かさである。

豊かさというものは高収入や社会的名声や高級住宅と密接なつながりがあると思いこんでいる人には、ジオノの考え方は少し分かりにくいかもしれない。

しかし日本でも、農村や漁村で、豪勢な家などとは関りがないような(外見はそんな風に見えても意外に高収入かもしれない)素朴な生活をしている人々が、明るく生き生きと暮らしている様子をテレビ番組で拝見したりすると、人生を謳歌している人間が目の前にいるのが感じられて嬉しい。個人的にも、かつて何度も訪れた淡路島の西海岸の漁村で、日焼けした漁師さんたちが仲間同士で、夕方、夕陽を浴びて、水平線に沈んでいく日没を眺めながら波止場にたたずんで談笑している光景をたびたび目にしたことがあるが、その時の漁師さんたちはまさしく風景に溶け込んでいた。自然と人間が渾然一体となっているのが感じられたものである。

高い山々に囲まれている盆地ル・トリエーヴ地方は、観光客など見向きもしないじつに鄙びた所である。観光名所などには関心のないジオノは、この土地でヴァカンスを過ごすのを習慣にしていた。いわゆる文明化していない素朴な住民たちの生活と周囲の大自然にジオノは魅了されていたのであった。

私たちの周囲には大抵の場合、とりわけ日本には、豊かな自然がある。その自然のなかに埋もれている無限とも形容できる豊かさ、宝の山に向きなおるよう読者に語りかけるこの本は、エコロジーの元祖と形容することができるかもしれない。

『喜びは永遠に残る』の愛読者たちと行ったキャンプ生活でジオノは自分の意図を参加者たちにうまく説明できなかったのが心残りになっていたのであろう。彼らに説明すると同時に新たな読者にも本当の豊かさについて表現するのがこの作品の狙いであると書かれている。何日間も行動を共にしていた仲間たちにうまく説明できなかったということは、やはり、その内容がそう簡単に受け入れられるような類の主張ではなかったからであろうと推測できる。

この作品の制作事情については、「この本には百枚ばかりの写真が収められている。この世界の表情は、これまた豊かさのあらわれなのだ」（二二頁）と書かれている。ジオノ家に寄寓していたドイツ人画家カルダスがプロヴァンスの景色を写真撮影し、その写真集の序文をジオノが書くというのが、最初の目論見であったらしい。だから初版にはカルダスの写真が数多く収録されていたはずだが、現在出版されている『本当の豊かさ』に写真は一切掲載されていない。ジオノの文章だけで充分に独立しているからであろう。だから、初版を知らない私にはどのような写真が掲載されていたのかまったく見当がつかない。

ジオノの場合には時として起こることであるが[2]、この序文を核にしてジオノの想像力が旺盛に働いた結果できあがったのが、今、私たちが目にしている作品である。五章から成り立っているが、奇妙なことに『喜びは永遠に残る』の最終章の発表されなかった文章が「序文」のあとに置かれている。死体になったボビが、鳥や獣や昆虫などの養分になり、自然に帰っていくという内容である。

この作品は小説ではないので、一貫した物語があるわけではない。そのあとに続く五つの章は一見するとちぐはぐな感じを読者は受けるかもしれない。しかし、豊かさの追究という点では一貫しているものがある
そこでまず、この本の出発点になっている『喜びは永遠に残る』を簡単に要約し、問題点に焦点を当てておきたい。

グレモーヌ高原がこの長篇物語の舞台である。その高原には数軒の家が離れ離れに散在しており、住人は約二十人である。大した喜びもない生活をこうして続けて死んでいくのだろうか、何とか惰性的な生活に終止符を打つような画期的な変化が起こらないだろうかなどと考えているジュルダンの前にボビという流れ者が現われる。二人が意気投合した結果、ボビはジュルダンと妻マルトの家に居候として暮らしはじめる。ボビはジュルダンたちが考えも及ばないようなことを次々とやってみせる。

ある寒い日、ジュルダンが余っていると言った小麦をボビが庭先にぶちまけたところ、多くの鳥

が庭先に降り立ってくる。家のなかからジュルダン、マルトそしてボビは固唾を飲んで鳥たちの様子を見守っている。この鳥たちは、最終章の遺稿(二二三―二二五頁)においてボビの死体に群がってくることになる。

空はまるで水滴が生まれ、ふくれ、そして落ちていく洞窟を覆う蓋のようだった。錯覚がそこには充満していた。水滴が落ちるときに太陽光線がそこを貫くことで生じる光の開花でさえ、その例外ではなかった。しかし、それが視線のなかに入ってくると、視線は、毛を逆立て、これほど元気で食い意地がさかんで、すでにしゅうしゅう音をたてているその小さなアオカワラヒワにじっと注がれていながら、それはもはや水滴ではなく鳥たちであった。他の鳥たちだった。二つのイメージで頭のなかは一杯だった。紺碧の洞窟、大きな水滴、ざわめく水の子供っぽい物音、そして、いやいや、そこにいるのは鳥たちであって、洞窟とは空であり、物音とはさえずっている鳥たちであり、赤褐色は束の間の太陽光線ではなく、ありとあらゆる色彩の羽毛なのだ。その羽毛は自らを開き、はばたき、小麦のなかにそっと着地できるようにブレーキをかける。(3)

まったく生命の兆しが感じられなかった寒さが厳しい高原に、どこからかやってきた多数の鳥が小麦をついばむ光景を目撃するジュルダンとマルトは呆気にとられ、世界の神秘を感じる。餓えていた鳥たちは、小麦がふんだんに落ちている場所を察知し、集まってきたのであろう。この他にもボビは随所で魔術的な手腕をふるい、高原の住人たちの注目を集めるようになっていく。自然界のからくりに通じているボビは、驚異に満ちあふれている自然界の一端を住民たちに次々と体験させてやることができたのである。それまで疎遠に暮らしていた住人たちが、ボビのおかげで互いに行きかうようになっていく。つまり住民たちはボビのおかげで自分たちの近くに潜んでいる豊かさに気づくようになった。

ある日曜日、何の相談もなかったのに、不意に鳴り響いたラッパの音を合図に、住民たちは総出でジュルダンの家に駆けつけた。それぞれワインや子山羊や野兎やハムなどを持ってきたので、即席の野外焼肉パーティが行われることになった。日曜日にラッパが鳴ると、何かおめでたいことがこれから起こると考えるのはどこでも同じらしい。楽しいことがありうるとすると、それはボビが住みついているジュルダンの家だと誰もが思ったのは当然のことであろう。男たちは外で火をおこして肉を焼き、女たちは台所で煮込み料理を作った。住人たちはこの会食を大いに楽しむことができた。

このあとも住人たち同士の交流は次第に親密になり、みな生き生きと活動しはじめるようになっていった。ところが、ジョゼフィーヌと愛し合うボビを、オロールという娘さんが恋い慕うようになっていく。自然界の秘密には通じているにもかかわらず人間の恋愛には初心（うぶ）で不案内なボビは、オロールの恋心にうまく対応できない。その結果、オロールは自殺してしまう。もう高原にとどまることができないと思い詰めたボビは、激しい雨嵐の日、高原から去っていく。そして雷に打たれる。

しかし、ボビが連れてきた雄鹿の相手として高原の男たちが協力して狩り集めてきた雌鹿たちが小鹿を産み、生きる意欲を失いかけていた羊飼いが、元気を取り戻し、新たに五百頭の羊を仕入れてきたり、高原には何かと生命が花開いてきているのも事実である。しかし、二人の死者が出たことで、高原には暗雲が漂いはじめる。

タイトルが肯定的なのに、この物語は悲劇的な結末を迎える。ジオノはいつも希望や喜びを読者に与えることの必要性を感じていた。そのジオノの狙い通り、この物語は多くの読者の心の奥深くに語りかける何ものかを持っていた。物語のなかでジオノが描写したような喜びを体験することが本当に可能なのだろうかと読者があれこれと想像をめぐらしたとしても不思議ではない。多くの読者がマノスクのジオノ家に押し寄せてきた。数々の奇跡が行われたグレモーヌ高原はどこにあるのかなどと質問したのであろうと想像することができる。ジオノは、訪問客は割合気軽に中庭に面したベランダのようなところに迎え入れることにしていたそうだから、大勢の読者がジオノと面会を許されたと想像できる。しかしひっきりなしに訪れてくる愛読者たちのひとりひとりと話し合っていたのでは、埒があかなくなってきたのであろう。

一九三五年九月一日、四十数人の愛読者たちと共に北に向かって出発したのは、ジオノが書いている通りである。そしてジオノたちがたどり着いたのはル・コンタドゥール高原であった。ジオノの膝の怪我という不測の出来事もあり、みんなはそこで暮らすことになった。「当日到達した地点でもすでに孤独感があたり一面に漂っていた。あまりにも静かなので、ヒバリのさえずりがそこでは轟音に聞こえるほどだった。」(六頁)

なお、『二番草』[4](一九三〇年)ではこの高原の一角にある廃村(ルドルチエの廃墟)がオービニャーヌとして活用されているし、約二十年後に執筆された『木を植えた男』[5](一九五三年)の初めの方で出てくる廃村もまた同じ廃墟がモデルになっている。ジオノはこの近辺に限りのない愛着を抱いていた。

現在でも、ジオノたちがたどり着いた頃と、この高原の事情はあまり変わってない。それほど訪れる人が少ない。もちろん、観光客がやって来るような場所ではない。住宅は四、五軒しかなく、石造りの村役場が村の入口にあたるところにある。村役場と言っても、毎日開いているというわけではない。週に一度例えば木曜日の午後三時から四時まで開かれるというような感じである。ともかく人がいない。ラヴェンダー畑が延々と広がり、夏だと蜜蜂の翅音が響いている。高原は北の方に向かってせり上がっていく。「私たちがあのときに滞在していたリュール山をイメージとして持ち続ければ、私たちはもっと高くまでもっと遠くまでこれからも登っていけるであろう。あのリュール山は、針峰のように尖った山ではないが、ディオニュソスの雄牛の巨大な背中のように、空高く聳えている。」(九頁)

ジオノたちが共同で購入した建物が、今でも、ほぼ当時のままで残っているのが印象的である。

ある時、私たちがその建物のそばを通り過ぎようとしたところ、沢山の車が止まっていた。不思議に思って建物に近づいていくと、ジオノ協会の関係者が仲間たち三十人ばかりとそこで会食していたことがあった。別の時には、建物のなかに誰かが、一時的にではあろうが、居住しているのが感じられた。

そのキャンプ生活に関してジオノはある対話で次のように語っている。何故ジオノがこの『本当の豊かさ』を書く必要を感じたかということが分かる発言なので、少し長く引用してみる。ジオノからさまざまな考えを引き出す役割を担っているのがアムルッシュである。

アムルッシュ　［ル・コンタドゥール高原へ］やってきた人々は［ジオノと］いっしょにいて、いっしょに探求するということだけが必要だったわけです。彼らに関心があったのはそういうことだったのですよ！

ジオノ　まったくそうではありません！　彼らを次々につかまえて、互いに腕を組み合って野原の散歩に連れ出すことができたとすれば、私はひとりまたひとりという風に連れ出したことでしょう。しかし、それは不可能だったので、私は同時に二百人を相手にしたのでした。はっきり言うと、彼らは自分自身の問題の解決を見つけることができるんだということを納得できるようになってほしかったのです。私は万人用の解決が見つかるような問題があるなどとは思っていません。みんなに共通の幸福が見つかるとも思いません。アムルッシュ、あなたの幸福は私自身の幸福とは大いに違っているはずです。私が幸福だと考えるようなことを、あなたは不幸あるいは倦怠と考えることもありうるのです。私にはそれが幸福なのです！　だからあなたはあなた自身の解決を探し出す必要があるのです。私は自分が二百人のための解決を同時に探し出せるなどとうぬぼれることはできません。かりに二百人の解決法が同時に見つかるなら、二十万人だろうと二億人だろうと一挙に解決法が見つかってしまうはずです。私はそういうことができる類の人間ではなかったのです。彼らが取り違えたのはそこなのです！　彼らは私が出来上がった解決を彼らに持ち寄り、「さあ、こうやればいいんだよ」と言うだろうと考えていたのでした。しかし、私が言ったのは次のような内容でした。「私は、こういう手順で私個人の幸福を見つけました。似たような手順をたどれば、あるいはいくらか異なった手順に従えば、あなた方もあなた方の個人的な幸福が見つかるでしょう。自分で責任をもって試みてください。」私が書いた本はけっしてメッセージなどというものではありません。〈メッセージ〉という語は雰囲気のなかにあるものです。そういうものが〈メッセージ〉と呼ばれているのです。不器用あるいは無分別のせいで、私は〈メッセージ〉という語をそのまま認めてきました。私の言葉がメッセージだと考えられるような風に私が誰かに話しかけたことなど一度もありません。私は次のように言ったのですが、それがメッセージととられたのかもしれません。「あなたに示しているような手順で私は私の幸福を見つけました。この手順は私の幸福にとっては効果がありります。似たような手順、あるいはあなた自身の幸福のためにはいささか異なっているかもしれない手順を見つけるよう心がけてください。」これだけのことです！　畑のなかで自由ならば、自由に散歩ができるならば、工場のなかでハンマーで鋼鉄を叩いているよりも、はるかに幸福の近くにいると私は考えています。

アムルッシュ　つまり、私の理解が正しければ、彼らは完全に思い違いをしてしまったのですね！

ジオノ　完全にです！(6)

私たちの多くはこんな風な行動をとるかもしれない。名前が通った小説家や哲学者が言うことだと何だか価値がありそうで、そのまま自分にも当てはまるだろうなどと私たちは考えてしまうような気がする。ところが、ジオノは自分の幸福論を参加者に伝えようとはしなかったようだ。自分の考えを他人に押しつけたくなかったからである。二百人に共通するような幸福は存在しない、とジオノは言っている。つまり、ル・コンタドゥールの参加者たちすべてに共通する幸福はないし、そのような豊かさも存在しない。しかし、このことを言葉で説明するのはきわめて難しい、とジオノはル・コンタドゥールの体験によって学んだ。その結果、少し時間的な余裕をもって、この本によって改めて彼らに語りかけようとした。だから、この本は「ル・コンタドゥールの参加者たちに」捧げられているのである。

ちなみに、一九四九年の戦争勃発によって中断されるまで、一年に二回（九月と復活祭の頃）、このキャンプ生活は合計九回開催された。

都会と田舎

出版社グラッセとの契約等の仕事のためにパリに出かけると、ジオノはサン＝ジェルマン界隈のドラゴン通りにあるホテル・ドラゴンに宿泊していた。そこから眺めるパリの光景がまず第一章で描かれている。

ジオノが話し合ったはずの出版社の編集者や文学に関わりのある人物などは一切この作品に登場することはない。また、描写されている庶民も、生き生きと登場するのではなく、集団のなかの個人として把握されている。

ジオノにとってパリとは、人工的な環境のなかで個人をまるで奴隷のように働かせる場所である。それに反して、田舎の暮らしは、自然の秩序に従って行われており、すべてが調和している。だから、疎外されているパリの労働者たちを金銭に価値観の基礎を置いている生活から解放し、地方にあり余っている豊かな自然を知らせてやる必要がある。

すでに『憐憫の孤独』のなかで、ジオノはパリの住人に田舎にやってきて本当の豊かさを知ってほしいと呼びかけていた。『パリ解体』という物語は次のように終わっている。

私について来るがよい。男よ、君が私のそばに立って太陽の陽射しをたっぷり浴びるようになる日にはじめて、君は幸福になるだろう。やっておいで。君のまわりの者たちによい知らせを伝えるがいい。やっておいで。みんなで誘いあって来るんだよ。君たちが幸福を味わう日には、大きな木々が街路を破裂させ、蔓植物の重みがオベリスクを倒し、エッフェル塔を傾けるだろう。そしてその日には、ルーヴル宮殿の窓口の前では、熟した豆の莢が開き野生の種子が下に落ちるかすかな音の他に、聞こえる物音は何もないであろう。その日には、メトロの洞窟から、太陽の光に目が眩んだ猪たちが尻尾を震わせながら出てくるだろう。(7)

ここには、『本当の豊かさ』で森林が行進してパリを破壊するという光景(一七八―一八一頁参照)が先取りされているのが読み取れる。ジオノにとって、苦しい生活を強いられているパリの住人たちは解放してやらねばならない人たちだと一貫して考えられていたようだ。そしてジオノ自身がパリで心から楽しむことができなかった。ルーヴル美術館で名画を堪能したとか、ノートルダム大聖堂の荘厳さに感動したとか、エッフェル塔の構造に近代建築の美学を感じ取ったなどということは、ジオノ作品のどこにも書かれていない。ジオノにとっては息づまるような空間がパリだったようだ。だから、オート＝プロヴァンスのマノスクにある自宅に帰ってきたときの解放感はこんな風に描写されている。

私はパリから帰ってきた。昨日の夜、小道が私にすり寄ってきた。湿った草が踝に触れるのが感じられた。葉を落としたキイチゴが私の外套を引っ張った。私は我が家のドアを押し開けた。雑種の犬が、空気が鳴り響くほど大きく舌を鳴らして、私の顔に飛びついてきた。猫が私の肩に飛び乗った。私の猫だ！　それは私の新しい猫なのだ！　オレンジ色と黒の混じった奇妙な小さな動物、木の枝のような手足を持っている猫。それは、丘を歩いていた私の前に、地上の種々雑多な物体の彼方から、数々の樹木の枝のあいだを通りすぎ、一か月前に現れた野生の猫である。

美しい満月が出ていた。満月のすべては私のものである。[8]

別の物語『ボミューニュの男』でも、パリほどではないが大都会には違いないマルセイユ（フランス第二の大都会）出身のルイは、鼻持ちならない男だと主人公のアルバンは言っている。「あんたにすでに言ったように、奴は卑劣な肉の塊で、まともな鼻の持ち主には臭くてたまらない。しかし、奴の恥辱と悪臭のせいで俺は麻痺してしまっていた。奴といっしょだと気分が悪くなるのは事実だが、何だか心地よくもあったというわけだ。[9]」一方、マノスクから北のほうに行った山の上の小さな村で生まれ育ったアルバンは、清廉潔白な好青年なのである。ジオノの価値観が明瞭に表明されている。アルバンの口調はこんな風に形容されている。「彼の口調は荘重で、深遠で、息は風のように長く、そこには風を思わせるような緑の力がこもっていた。それはまさしく風のようだった。樹木や、草や、山や、空から出てくる言葉だった。そのゆったりしたテンポの声は、いったん彼の口から出てくると、まるで矢のようにまっすぐ夕闇のなかに入りこんでいくように私［アメデ］には思われた。世界の丸みを乗り越えていくようだった。大鎌の光沢をきらめかせていた。[10]」

要するに、ジオノは自然に囲まれている地方の町や村が大好きなのである。田舎の人間は何をするにしても自分でいろんなことを成し遂げねばならないのに対して、都会の人間は社会の歯車として割り当てられた仕事だけこなしておればいい。だから、ジオノは人間に具わっているはずの種々の能力を数え上げたりしている（四四―四五頁参照）が、その能力の大半は都会の人間には不必要なものであろう。つまり、荒野に放り出されたとき、生きていける能力を身につけているのは田舎の人間だということをジオノは強調しているのである。歩きながら足の下の大地の存在を感じ取っているような人間は、パリには、ほとんどいないとジオノは指摘する。「彼女たちの足はもう大地を味わうことができなくなっている。その足は、これまで人工的な素材の上を歩いてきたために、魔術的な動脈が脈打ったりするなどということとは程遠く、神々（こうごう）しかったはずの能力をすり減らしてしまっている。」（三二頁）

こんなことを考えながら、ジオノはホテルから見えているパリ市街の光景を描き、時には彼らの仕事場まで同行し、昼時にはセーヌ通りの小さなレストランで昼食をとり、夕方になるとドラゴン通りから北東の方向にあるベルヴィル界隈まで歩きながら、遭遇する都会の人々の生活を想像する。「あなた方の馬になって役立つということ以外に私の野心はない。／そして、あなた方が私を信頼してくれるようになる日が来れば、世界の向こうまであなた方をこっそり連れていけるような力を

蓄えておくために、私は肩のなかに大きな翼をゆっくり準備している。」(四二頁)
　ベルヴィルに向かって歩いていくジオノは群衆に囲まれている。彼らとジオノの間には人間的なつながりは生じてこない。「群衆は、無数の気がかり、苦しみ、喜び、疲労、極度に個人的な欲求、こうしたものの寄せ集めでしかない。それは組織された集合体ではなく、雑然とした積み重ねである。集合的な群衆と私とのあいだに、いかなる類の友情も芽生えるなどという可能性はない。」(四三頁)
　人々の役に立ちたいと念じるジオノを象徴的に示しているのが、ジョヴァンニ・ディ・パウロが描いている「砂漠に向かって立ち去っていくサン・ジャン＝バチスト」(五〇頁)の絵画の説明であろう。そして、サン・ジャン＝バチストと同じように、「私は硬直させた足の指で町の地面を押し返」(六〇頁)して、その翌日パリから離れていくとジオノは書いている。

オイディプス

自伝的物語『青い目のジャン』において、ジャンは「黒い男」から古典文学を学ぶことになった。ジャンの父親の教育方針が素晴らしかったことに少し触れておこう。

　隣りのアパルトマンに引越してきたヴァイオリンとフルートの奏者たちの元に通って、楽器の演奏を学ぶのではなく、彼らに目の前でバッハやモーツァルトやハイドンの音楽を演奏してもらいその音楽について思い浮かぶことを自由に語るというレッスンを始めた。口笛が吹けたジャンは、そうした曲を自在に吹くことができるようになっていった。

マノスクの町のなかで母親や母親の元で働いていた若い女性たちに甘やかされて育っていたジャンは、もやしっ子になっていた。そこで父親は十五キロばかり離れているコルビエールの羊飼いにジャンを預けることにした。田舎の大自然のなかを走りまわり、同年配の子供たちと付き合い、羊飼いの仕事を手伝いながら田舎の人間や自然に親しく触れることができれば、ジャンの成長に役立つと父親が判断したからである。

同時に、父親に恩義を覚えている「黒い男」が申し出てくれたので、ジャンは彼から古典文学の読解を教えてもらうことにより、『イリアス』の文学世界を伝授してもらうことができた[11]。ソフォクレスの『オイディプス』にも親しんでいたはずである。だから、第二章にオイディプスを登場させるのも、西洋古典文学の世界に子供の頃から慣れ親しんでいたジオノにとってはごく普通の手順であったと言えよう。ただし、私たち日本の読者は、当然のことながら、違和感を覚えるかもしれない。

ジオノは、自らの意志によって両眼を潰し盲目になってしまったオイディプスの状態によって、感受性をはく奪されてしまっている人間の状態を表現しようとしている。人間は五感によって自然のさまざまな呼びかけを感じることができるのに、その感受性を喪失してしまっている人が多い。そうした人物にジオノは語りかける。「君は、君の目、君の耳、君の口、君の体力、君の皮膚の感受性を破壊し、君の肉体のありとあらゆる回廊を塞いでしまっていた。」(六五頁)その結果、その人物に残っているのは知性だけである。「君と連絡をとるには、もう君の知性の他には何も残っていなかった。自分を隔離することは死ぬことに等しいと君は本能的に察知し、君は知性を崇めることになった。知性だけが、君を他のものに結びつけることを可能にしてくれるので、その結果、君が存続できたからである。」(六五頁)

知性(アンチゴーネ)に導かれているオイディプスの姿を借りて、ジオノは私たち人間の現状を表現する。とりわけ感受性が欠けているはずの大都市パリの住民をも象徴していることであろう。ジオノは『青い目のジャン』において自分は官能的な人間であると回想していた。「私は自分が官能的な人間だということは承知している。[12]」仮に、ジャン少年から感受性を取り去ってしまえば、ジャンはもはやジャンでなくなってしまう。ジャンほど感覚的でない人間でも、感受性を喪失してしまえば、きわめてありきたりの面白みのない人間になってしまうであろう。

知性の偶像アンチゴーヌに導かれているオイディプスは次のような言葉を最後に口にしている。「私の愛情が、数日で終了してしまうような軟弱なものではなく、毎日持ちこたえることができる永遠の愛情になるために、永遠に対する感覚もまた共通の力となるであろうから。こういうことを心がけておれば、ついに、新しい目が額の下で芽を出すだろう。新しい目は、栗の木の新芽のように乱暴でねばねばしているであろう。」(八〇―八一頁)

このような態度をつらぬけば、新しい目が生え出てくるかもしれない、とオイディプスは希望を述べているのである。この物語が表現しているのは「人間の悲しさ」(六五頁)なのだ。私たちの多くがそうであるように、鋭敏な感性を喪失してしまっている悲しい人間の運命が語られている。

ベルトラン夫人が焼いたパンをジオノが味わう

ジオノの物語ではパンは重要なテーマになりうる。例えば、『青い目のジャン』において、女房に家出されてしまい自暴自棄になってしまったパン屋は、アプサントを飲んで酔っ払ってしまった。彼はもうパンを焼かない。パンのない村は、生気のない村である。生活していくのに肝腎なもの、それがパンだというわけだ。「セザール［村人のひとり］の心配事、それはパンだった。パンのない村、それは一体どういう村だろうか？　ほかの村までパンを求めて出かけ、時間を浪費し、動物たちを疲れさせてしまう。その他にももっと大変なことがある。このたび収穫した小麦の小麦粉が間もなくできあがるところだった。それなのに、誰のところに小麦粉を持っていけばいいんだろうか？　誰のところでたっぷりパンを受け取れるというのか？　［中略］パン屋が心の痛手を克服できないということにでもなれば、俺たちは仲買人に小麦粉を売り払い、小銭を手に持って自分が食べるパンをどこかに探しにいかねばならないであろう[13]。」

第三章の冒頭は、マノスクの北方約百キロにあるル・トリエーヴ地方でヴァカンスを過ごすことにしていたジオノが、家主のベルトラン夫人から、夫人が自分で焼いたパンを貰うというエピソードで始まる。子供たちのおもり役をしていたセザリーヌがベルトラン夫人が自分でパンを焼いたとジオノに言ったので、強い好奇心を示したジオノが、そのパンを少し貰ってきてもらえないだろうかとセザリーヌに依頼することになる。一瞬ためらったセザリーヌはベルトラン夫人からパンをもらってくる。「セザリーヌは息を切らして走って戻ってくる。まるでプロメテウスの超人的な手柄に成功したかのようだった。」（八四―八五頁）

パンをもらってくる行為が神々から火を盗んだプロメテウスの神話的手柄にたとえられており、このあとジオノがまず長女アリーヌに、ついでセザリーヌに、最後に次女シルヴィにもパンを味わわせるというくだりは、何だかパンを分かち与える最後の晩餐のキリストを想起させる。そして、そのパンがジオノのもとにやって来たということが、ジオノの日常の万事に根本的な変化をもたらしてしまうことになる。「パンがやって来たので、事情がすっかり変わってしまった。パンが、パンに対する心配事とパンのもたらす喜びを運んできたからである。それに、それは小さな心配事でもないし、小さな喜びでもない。何故なら、私見によれば、パンはとてつもなく大きなことを意味しているからである。」（八七頁）

そのベルトラン夫人のパンが秘めている大きな可能性に関して、ジオノは雨で柔らかくなった土地に穴を開けてドングリを埋める行為を連想していく。そうすると十数年後（ジオノは大袈裟に「二百年後」と書いている）には楢の木が大きく成長し、さらに数十年後には森林ができてしまうであろう（九〇頁参照）。この考えは、のちに（約二十年後に）『木を植えた男』として実を結ぶことになる。

ジオノは、なおもベルトラン夫人が作り自分たちに分かち与えてくれたパンの意味について考える。

今、無私無欲の行いを可能にしてくれるような本当の豊かさを彼らは発見している。他人のことを考える余裕を提供してくれるこの豊かさが、無尽蔵だからである。つまり、私たちは自分の小麦のすべてを食べるなんてことはできないからである。また、小麦はそれ自体では何の価値もないので、私たちは小麦を他人に与えることができるからである。彼らは、今、物質と直接に触れ合っている。彼らにとりついていた例のうわべだけの知性を彼らは一挙に厄介払いして、単純明快な境地に戻ってきている。その境地もまた知性である。二度にわたって、私は異なった二つの事柄を表現するために同じ言葉を使っている。それはごく単純なことに、本当の知性と偽の知性があるからである。本当の知性と偽の知性があるように、偽の豊かさと本当の豊かさがある。（一〇六―一〇七頁）

このパンを契機にして、ジオノは豊かさということについて思索を深めていく。ジオノは、本当の豊かさと偽の豊かさがあることを示し、さらに本当の知性と偽の知性があることも明らかにする。ここで言う偽の豊かさとは「物質の経済的な表現」（一〇六頁）のことを言い、「無私無欲の行いを可能にしてくれるような」（一〇六頁）豊かさこそ本当の豊かさなのである。

それでは本当の知性とは、どういう知性なのだろうか。それは感性が存分に働いているときの私たちの認識能力のことを言うのではないだろうか。そのようなとき、私たちには世界が輝かしいものとして見え、聞こえ、匂い、つまり感じられるのであろう。次の文章にその一例がうかがえると私は思う。

この壮麗な秋の夕べ、牧草地を横切りながら、こうした事柄を私はあれこれ考えている。そしてついに太陽が姿を現した。その太陽は、霧の天井の下まで身をかがめている。羊の群れが休息しているアルシャ山と、ラ・タゼルの岩壁のあいだに、今、太陽は滑りこんでいく。その太陽は辛辣で赤い。太陽の光線が輝くのと同時に風も吹いている。赤い翼の羽ばたきによって朽ち果てていく下草の匂いを舞いあげる沼地の鳥のように、風は地上をかすめながら飛翔している。私の周囲に見えているこの世界の断片は、魔法のような立体感を見せている。光は人間の高さにある。牧草地のごく小さな湾曲まで陰に満たされ、もっとも丸い草の波まで太陽の光を浴びて泡立っている。樹木たちは互いに離れ離れになっている。茂みのなかに生育し、互いに接触し合っている樹木もその例外ではない。私たちはあらゆる葉を見ることができるが、じつにおびただしい数の葉があるものだ。さらに、茎や、枝や、太い枝や、幹なども見える。何物も漠然と混ざり合ってしまうというようなことにはならずに、明晰な生命が、どのような小さな細部にもはっきりと現れている。(二〇九―二一〇頁)

こうした心境で歩いているジオノに、周囲の樹木たちが語りかけてきて、さまざまなことを教えてくれる。そしてその土地を自由自在に歩きまわることができるジオノは、同時にありとあらゆる場所に顔を出すことができる。「私はすべての村に入り、蹄鉄工の作業場の前に立ち、作業の様子を眺める、あるいは指物師の作業場や大鎌を研いでいる人物の前に立つ。その研ぎ師は、小さな鉄床を地中にめりこませて、頭が平らな金槌で大鎌を叩いている。私はありとあらゆる村に入り、『泉はどこにありますか?』と訊ね、その泉で水を飲む。」(一一一頁)

パリでさまざまな労働者たちのそばに付き添っていたように、ル・トリエーヴの片田舎においても、ジオノは住民たちの行動に付き添い見守る。ジオノは、本当の豊かさを知っている村人たちからさまざまなことを学んでいく。

このル・トリエーヴ地方は、周囲を二千メートル以上の山々で囲まれた盆地で、人口百名程度の小さな村が点在している。最大の村は人口が約千人のマンスである。ジオノ一家はラレやトレミニに滞在したことがある。シストロンからグルノーブルに北上していく鉄道が通じているが、高速道路からは遠く離れており、まさに僻地である。しかも、住民たちは高速道路の建設に大反対している様子である。二〇一八年の七月、私と家内は友人の家に滞在し、マンスの鄙びてはいるが活気にあふれた市場で買い物をしたのが懐かしく感じられる。山に囲まれ自然が豊かであるという雰囲気は信州の松本に似ているのだが、規模ははるかに小さく、世のなかから遠く離れているということを実感させる地方である。

女たちが竈でパンを焼き、村人たちはワインを飲み踊る

第四章では、村の共同の竈で七人の女たちがパンを焼くという場面が詳述される。その前にギリシャの寺院にも喩えられている竈の説明がある。「その建物は合理的にできており、余分な石はひとつとしてない。それはその土地や空がもたらす可能性のあるあらゆる天候と全面的に調和している。」（一二〇頁）小さな村の竈がヨーロッパ文明の源泉であるギリシャ文明から派生しているのだということを、ジオノは示したかったのであろう。

そこで七人の女たちがパンを焼き、子供たちや男たちがそれを見守り、女たちはパンを入れた籠を頭の上に載せて厳粛な歩調でそれぞれの家に向かう。小麦粉を作るために胡桃用の粉砕機を貸してくれた村長（農民）のシャルルと鍛冶屋のコリュマが、女たちの家に招かれアルコールを振る舞われる。バッカスの祭りを思わせる場面が続く。彼らは招かれた家で大酒を飲む。「その次はリュスの家だ。胡桃粉砕機が村で最高に大男の二人のところにあったのは幸いなことであった。この二人はたっぷり飲んでも今のところ何とか持ちこたえているからである。しかしリュスは彼らを抱擁する。ポーリーヌは話す。彼らは蒸留酒を飲む。辛口ワインも甘口ワインも飲む。ヴィルジニは村一番の美人である。エリザは大きなパンを丸のまま与える。そのパンは、急に、それまで本当に村で生じたことを思い起こさせる。そして彼らはすっかり酔ってしまう。」（一五三頁）

そのあと村長は、自分の家に来てくれとみんなを招く。ワインをたっぷり飲み、アコーデオンの音楽に合わせて、みんなは踊る。

これと似たような場面が描かれていたのが『憐憫の孤独』の二番目の物語『牧神の前奏曲』であった。その乱痴気騒ぎには、人間だけではなく動物まで参加していた。

その夜、私はフランソワの雌馬と踊り、黄色い歯が生えている口を抱きしめた。あなた方に打ち明けて言うと、かみ砕かれたまぐさの味覚がまだ私の舌の上に残っている。両手を差し出して動物に近づく男たちが見えた。誰かが私に触れるのを感じたので、私は手を伸ばした。毛に触れたので、手をもっと上にあげてみたら、鹿だということが分かった。鹿の方は私が人間だということを理解した。鹿は向きを変えて私の左側にやってきたが、そこにいたのは森林監視官の娘ロジーヌだった(14)。

しかし、『本当の豊かさ』ではこうしたことは起こらない。アンリ・ル・クルトーのアコーデオンに合わせて、まずマリア・ラ・レッドが踊りはじめ、ついで女たちが踊りの輪を作り、さらに男たちも踊りに参加していく。男たちは力強く足を踏みしめる。(二五七―一六〇頁参照)

男たちや女たちが羽目を外して秩序を乱すということはない。彼らは良識に従って春を踊り、パンやワインの豊饒をたたえている。つまり世界の豊かさを享受できる喜びを情熱的に表現しているのである。なお、ジオノが描写している竈は、今でもまだ健在だということを付け加えておきたい。

私がこの地方に二〇一二年の六月に一週間滞在してあちこちの村を歩きまわった時には二つの竈

しか確認できなかったが、このたび当地で暮らしている友人に調べてもらったところ、今でも五十以上の竈が活躍しているということが判明した。竈の伝統は着実に受け継がれているようである。

自然を歪めるという考えについて

ベルトラン夫人は自分の家の小麦粉でパンを作ろうと思いついた。自分の小麦粉でパンを焼けば、パン屋からパンを買ってくることに比べたら安くあがるし、それに何よりも眠っていた小麦粉を活用できる。小麦粉はパンになるために生産されたものなのだ。だから、自分の小麦粉を使ってパンを焼くという行為は理にかなっているのである。

それに対して、世のなかには理にかなっていないことが山ほどある。ジオノはそれを「自然を歪める」(dénaturer)行為だと言っている。

彼らがこうしている「ベルトランとベルトラン夫人がパン作りに精出している」あいだに、他の人たちは〈生産量を割り当て〉たり、〈自然を歪め〉たりしている。河の泥土のように無料で大地のあちこちに豊かにあるはずのものを、彼らは割り当て、引きとめ、コンクリートの壁のなかや小麦用の大きな金庫に押しこめる。彼らはしまいこみ、大きなドアを錠前で閉じる。「ああ！ ついに、これで安全だ。これは金だ。来年あるいはもっと先になれば金になるだろう。だが、今のところ、とりあえず私は安心だ。閉じこめてあるからな！」彼らはこう言う。地球

上で人々が自分を犠牲にして必死にパンを得ようとしているあいだに、彼らはこんなことを言っている。(一〇〇頁)

農民たちが汗を流して生産した小麦がこうして捨てられていく。つまり「自然が歪められて」いく。ジオノは、すぐあとで「俺はもう小麦は作らない」(一〇五頁)と言う農民を引き合いに出している。金銭が万能になってしまった世の中では、「私たちから豊作を遠ざけてください。飢饉を蔓延させてください」(一〇五頁)などと言う農民が出てきたりするとジオノは書いている。

何故こんなことが生じてしまうのだろうか。それは、現在に生きている人々が金銭という「偽の豊かさ」の幻影に幻惑されているからだとジオノは指摘する。次の引用文の「あなた方」とは、社会を支配している政治家や財界人の大物のことを言っている。「何故なら、庶民ではないあなた方、豊かで力を持っているあなた方、つまり国家、社会、あなた方の社会、あなた方の社会問題などを背負っているあなた方にとっては、食べるとか食べさせるなどということは重要な問題ではなく、あなた方のただひとつの気遣いは、お金を生産させるということにあるからである。」(一〇五頁)この結果、農民たちでさえ、自分はもう小麦など作らないなどと言いはじめる始末なのである。ひと昔前には小麦は神聖なものだったのに、今ではニワトリの餌としてしか役に立たない。「ひと昔前では、小麦はとても貴重だったので、人々は、偉大な霊的品性と同等なものとして、神に小麦の豊作を祈っていたのであった。罪に対する許し、誘惑に対する抵抗、災禍からの解放などと、小麦の

収穫を同列に置いていた。そうしてあなた方の祈りはかなえられていた。」(一〇五頁)
自然のなかには限りのない豊かさが潜んでいる。ところが、人間は自然を破壊して人工的な構造物を作って満足するようになってしまった。「野生の動物たちは素晴らしい。狐は、望みさえすれば、二メートルの高さまで飛び上がる。鳥の心臓は驚異である。野生の鴨の肺は喜びであり、鴨にとって並はずれた豊かさである。金銭の土台の上に築かれた社会は、収穫物を破壊し、動物たちを破壊し、人間たちを破壊し、喜びを破壊し、本当の世界を破壊し、平和を破壊し、本当の豊かさを破壊する。」(一九)
ジオノは、例えば川の流れを堰き止めダムを作るという計画も自然を歪める行為のひとつとして、デュランス河の上流に計画されたセール＝ポンソンのダム建設には反対を表明したし、(15) ガラダッシュの原子力センター設立にも大反対の態度を表明した。
ひるがえって日本の長良川河口堰の問題ひとつを考えてみるだけで、自然を歪めるという不自然なことが大々的に大手を振って行われているということが分かるのである。
ジオノにとっては、大都会パリもまた、自然が歪められた結果できた町だということになる。そこで暮らしている人間自身の自然がまず歪められている。「悲惨は、精神錯乱のような状態に混じって、世界のいたるところに存在している。人間たちは新しい惑星を作り出した。それは肉体の悲惨と不幸で満ちあふれている惑星である。彼らは大地を放棄してしまった。彼らはもう果物も、小麦も、自由も、喜びも望まなくなっている。彼らは自分たちが考え出して生産しているものしかもう欲しくないのである。彼らは金（かね）と呼んでいる紙幣を持っている。彼らは、数多くの紙幣を獲得するために、最高に優秀な乳牛のなかから十六万頭の雌牛を屠殺して埋葬してしまおうなどと即座に決めてしまう。彼らは葡萄の木を引き抜こうと決心する。葡萄を根こそぎにしなければ、ワインの価格があまりにも安くなってしまうからである。つまり紙幣を大量に獲得できなくなってしまうのである。紙幣とワインのどちらかの選択を迫られると、彼らは紙幣を選ぶ。」（一六頁）

いや、大都会だけではなく、こうした悲惨な状態は人間社会のいたるところにまで及んでいるのだ。だから、安易な娯楽施設が次々に建設され、人々は自らの感性という宝物をほとんど活用することなく、用意された娯楽に受動的に興じる。つまり本当の豊かさを追究しようという気力がなくなってしまっているのが人間の現状なのかもしれない。

森林の行進

このあと、雰囲気ががらりと変わって、森林の大行進が語られる。その冒頭、人間が樹木と同類であるという理由は、人間も樹木も栄養は大地から得ているからだという。「私たちは自らの糧のすべてを大地から取り出している人間なのだ。だからして、私たちは樹木のようだと言うことができる。樹木よりは精神的だと言うことができるかもしれないが、本性はまったく同じである。」（一六七頁）

森林に似ている人間には、親方など存在しない。これは企業に勤めている都会の人間と対照的だということでもあるのだろう。だから、同じものを大量に生産するということもないし、親方の命令に従って仕事をしているわけでもない。大企業の大きな機構のなかの歯車のひとつであるなどということもない。

自分で野菜を育てている者なら誰でも心得ていることであるが、一種類だけの作物を大量に育てるというようなことは普通は避ける。色んな野菜を少しずつ育てるのが農民の普通の賢明なやり方である。そうした農民は、誰かの命令に従っているのではなく、自分の意志で自分がやりたいように暮らしている。大地から糧を得ている人間は、自由なのである。

農場ではしばしば召使を雇ったりするが、雇う農場主と雇われる人間は対等な関係を保つことになる。「私たちには親方などいない。また、私たちが召使いを雇うような場合、私たちは召使いたちと並んで同じ作業をする。私たちは普段より力を振り絞って働いたりする。召使いたちは私たちと同じテーブルで食事をする。彼らを邪険に扱うような人物がいれば、そういう人物は不名誉な人間だと見なされる。」(一六七—一六八頁)

さて、ここからジオノの文章が大胆な比喩を駆使しながら、森林の行進が人間を苦しめている大都会に向かいその都会を破壊しようとする様子が生々しく描写される。何故かというと、大都会は自然を抹殺しようとしているからである。自然を歪めるのが大都会で生きていく人間たちの方針であり方向である。だから森林は、今、人間から「自然」を剥ぎとっている大都会パリに向かっていく。「今、生命を獲得しようと心がけている人々の戦闘に味方して、死を準備する人々の社会に敵対するために、田園は立ち上がる。私たちは前進する広大な森林である。私たちは私たちの逸楽や恐怖を重々しく運んでいる。それは私たちの情容赦のない残忍さであり、また木の葉でできている私たちの手の優しさでもある。重大な時代にはいつでも、邪悪な勢力に対して戦闘を交える必要がある場合には、農民の想像力はそのたびごとに前進する森林を考案してきた。森林は、私たちのすべての伝説のなかで語り継がれ、私たちのすべての闘いの歌のなかで歌い継がれてきている。」(一六八頁)

ノルウェイ、スコットランド、アイルランドの山々から南下してくる森林に端を発し、各地の森林が、ありとあらゆる平原や渓谷や山塊や渓谷などを通過していく様子が反復を厭わず高らかに描写されている(一六八―一七〇頁参照)。

こうして森林の行進はとどまるところを知らず、各地を森林のなかに取り込んでいき、森林にとっては最大の敵ともいえる大都会をもその大きな渦のなかに沈めていくことであろう(一七六―一七七頁参照)。森林が支配する世界における平和でのどかな庶民の生活が最後に描写されてこの章は完結する(一八一―一八三頁参照)。

本当の豊かさ

最終章では、ル・コンタドゥール高原のキャンプには若者や学生がかなり多く混じっていたと想像できるが、そうした若者たちの不満の声を聞いたジオノが、何とか彼らの不満に答えようと努力している姿が思い浮かぶ。
こうした状況は現在(二〇二〇年)でも一向に変わっていない。少しも改良されていないと言うより、むしろ増幅されていると言うべきかもしれない。大学進学率が高まり、博士号取得者が増えてきた結果、私が親しく知っている分野で言うなら、文学博士や理学博士の称号を持っておりながら大学の常勤教師として働くことができない若者が増えてきているのだ。ジオノの時代でもそうした若者がいたのだから、現在ではそうした博士号取得者の年齢があがってきているのも当然のことかもしれない。彼らは大学教師や天文学者や大会社の研究者になれないので、絶望しているかもしれない。彼らの心境がかなり屈折しているであろうということは容易に推測することができよう。

学生たちがしばしば私のところにやって来る。彼らの青春はとても厳しい。私は彼らの将来の計画について訊ねてみる。私は彼らの辛さにびっくり仰天し、彼らの苦しさをともに味わう。彼らの話を聞いていると、まるで私自身の一部分が死んでいくように感じられる。厳しい試験や難しい競争試験に合格するための準備に長い年月――しかも[青春という]最良の年月――を捧げている、あるいは捧げてきたと彼らは私に教えてくれる。彼らは免許状を持っている。その免許状にふさわしいポストを手に入れることができないと彼らは愚痴をこぼす。彼らの前にある人生はまっくらである。私が彼らに喜びについて話してみたところ、彼らの若々しく厚い唇がすでに老人の微笑を知っているということに私は気づいた。その唇を見つめていると、そここには、やはり、若者にふさわしい美しさがたたえられていることが分かった。それは明らかに最良の年齢である。（一九四―一九五頁）

豊かな将来を背負っている若者たちが世間一般の価値観から離れられない限り、彼らは社会の競争のまっただ中にいることになる。そして彼らの青春がそこに賭けられる。その試みが数年で好転するならよいのだが、明るい解決法が望めないとしたら、彼らの前途は閉ざされている。

しかし教授職につくことも可能な若者が農業や漁業や林業に従事するとしても、一向にかまわないのではないだろうかというのがジオノの見解である。生きるということが、人生において最も大切なことであり、それだけが唯一重大だとジオノは言っている。金を最大の尺度にしている社会の価値観を捨てる必要もあるだろうし、もしかしてプライドの何がしかも捨てる必要もあるかもしれない。社会を変えることは容易ではないのだから、社会が変わってくれるのを辛抱強く待っていても無駄でしかないであろう。自分が変わるしかないのである。「私が君に言いたいのは、君自身の喜びを作れということである。自然に生きるがいい。現代社会ではそうすることはまるで狂気の沙汰のように思われているので、そうした生き方が論理的だと考えるような社会を導入しなさい。そうした社会が現実のものになるには、君が手でちょっとひと押しすれば、わずかそれだけで充分なのである。」（一九九頁）

何が一番大切なのかということをじっくり考える必要がある。それは喜びを感じながら毎日を送ることであろう。金は浴びるほどたくさん所有していても、哀れな生活を強いられているような人間はいくらでもいる。そうした人間が豊かな自然のなかに置かれたとしても、自然の豊かさを吸収できるに足るだけの心も身体ももう消耗してしまっているというような場合も往々にしてある。生きていくのに一番大切なことは、自然界がふんだんに与えてくれるその豊かさに目を開き、それを受け入れ、ごく単純に樹木や風や水に囲まれて暮らすことを始めることである。私たちの瑞々しい感性が活動しはじめると、万事が肯定的に動きはじめるのだ。ジオノはこの作品を次のように締めくくっている。

君が剥奪されているのは、風や、雨や、雪や、太陽や、山や、河や、森林などがもたらしてくれる本当の豊かさである。要するに、人間の本当の豊かさを君は剥奪されているのである！万事が君のために用意されていた。君のもっとも暗いところにある静脈の奥底では、君は何でも味わうことができるように作られていた。死が訪れると、心配は無用だが、万事は論理的に展開していく。だから、せいぜい最高度に豊かになるよう努力するがいい。そうして、君はありのままの自分になればいいのだ。(二〇〇頁)

この結論にたどり着くまでに、ジオノは大都市の労働者たちや、田舎の住人たちだけでなく、空や空気や川や森林や空気や風といった自然界の諸要素と一体化し、樹木や森林に同化しパリを壊滅させる必要があった。パリが、金銭を頂点とする虚栄の価値観を代表しているからである。

家が数軒しかないル・コンタドゥール高原を参考にして『喜びは永遠に残る』のグレモーヌ高原を考え出し、愛読者たちとともにこのル・コンタドゥール高原でキャンプ生活をしたジオノ。個人的な生活においても、およそ観光地とは正反対で、高山に取り囲まれた鄙びたル・トリエーヴ地方を好み、そこで毎年のようにヴァカンスを過ごしていたジオノ。こうした人物であるがゆえに、ジオノは生涯オート＝プロヴァンスのマノスクで暮らし続け、地方の人間や自然を主題にした物語を書けば、普遍的な作品になりうると確信することができたのである。だから、ジオノの物語の登場人物は農民やさまざまな職人たちに限定されるし、物語の舞台もマノスクの周辺に限定されている。そうすることによって、それまで誰もが試みなかった文学の創造が可能だとジオノは確信していたのであった。本当の豊かさがきわめて個人的なものであるのと同じく、本当の文学もまたじつに個人的で地方的なものでありうるからである。しかしその文学の豊饒を最終的に獲得するには、その文学の豊かさを生涯にわたって追究することが必要だった。ジオノの豊かさというものの本質がここにあると訳者は考えている。

訳者あとがき

『本当の豊かさ』の翻訳に際して、次の二冊をテクストとして用いた。

Jean Giono, *Les vraies richesses*, Les Cahiers Rouges, Grasset, 1995.
Jean Giono, *Les Vraies Richesses*, Récits et essais, Pléiade, Gallimard, 1989, pp.145-255.
本文の注はすべて割注［……］としてすべて本文に組み込むことにした。
これまで翻訳してきた『憐憫の孤独』、『ボミューニュの男』、『二番草』、『青い目のジャン』の場合と同様、今回もフランス語やフランス文化に疑問が感じられるところは、プロヴァンスの画家セルジュ・フィオリオさんに傾倒し、フィオリオさんに関する数冊の著作があり、二〇一四年以来フィオリオさんに関するブログを発表し続けているアンドレ・ロンバールさんの協力を仰いだ。
質問状を送ると、まるで山彦のようにすぐさま送ってきてくれる回答は明快そのもので、大抵の場合それで問題が解決するのだが、時としてそれでも理解しにくいところについては再度の意見交換をしたうえで、解決を求めることもあった。アンドレの変わることのない力強くて温かな協力には最大限の謝辞を述べておきたい。ジオノの訳書を刊行するたびに、アンドレという素晴らしい友人に恵まれていることの幸せを噛みしめている。

今回もジオノのこの著作の現代的意義を認めて出版を引き受けてくださった彩流社社長の河野和憲氏には心から感謝申し上げます。ジオノを何冊も刊行してくださったその寛大さに感謝しその視野の広さに敬服しております。現代は、自然の豊かさを称揚し、自然との触れ合いの必要を説くジオノ文学の必要性が感じられる時代なのだと私も痛感しております。おかげで、物語とはひと味違っているジオノのエッセーを紹介することができました。日本の読者の方々には、本当の豊かさの必要性を論じるジオノに特有の文体を味わっていただけたら幸いです。

家内の直子は、今回も校正刷りを丹念に検討し、誤植やあまり適切でない表現を何か所も見つけてくれた。私がひとりで校正するだけではなかなか気がつかないところまで丹念に精読してくれた直子に、心からの感謝の気持を表現しておきたい。

ジオノが生涯を送ったオート＝プロヴァンスの気候風土が信州のそれに似ていることを私は意識しているのだが、ジオノの町マノスクからさらに百キロばかり北上したところにある、山に囲まれた盆地ル・トリエーヴ地方は、いっそう信州松本に似ているのに改めて感銘を受けている。ル・トリエーヴでしばしばヴァカンスを過ごしていたジオノは、その土地をほとんど天国のように理想化して描写している。それほどその土地は精彩あふれる自然環境に恵まれていた（現在でも同じである）。同じように高山に取り囲まれた松本の素晴らしい自然環境を常日頃享受している私が、「本当の豊かさ」を多彩な視点から縦横無尽に語っているジオノの著作を日本語に翻訳することの幸福を心の底から実感しています。

山本　省

二〇二〇年十月九日（ジオノ没後五十年）　信州松本にて

註

(1) ジャン・ジオノ『喜びは永遠に残る』、山本省訳、河出書房新社、二〇〇一年。
(2) 例えば『メルヴィルに挨拶するために』の場合、メルヴィルの『モービー・ディック』のフランス語訳書(訳者はリュシアン・ジャック、ジョーン・スミス、ジャン・ジオノ)の序文として書きはじめられたのだが、興に乗ったジオノは、メルヴィルの紹介といった枠組みから大きくはみ出てしまい、メルヴィルを主人公とする自由な物語を書いてしまった。その結果、かなり風変わりで斬新かつ独創的な作品が創作されることになった。そういう事情なので、仏訳書にはこの作品の一部分が序文として利用されている。
(3) ジャン・ジオノ『喜びは永遠に残る』、七九頁。
(4) ジャン・ジオノ『二番草』、山本省訳、二〇二〇年、彩流社。
(5) ジャン・ジオノ『木を植えた男』、山本省訳、彩流社、二〇〇六年。
(6) Jean Giono, *Entretiens avec Jean Amrouche et Taos Amrouche*, Gallimard, 1990, pp.156-157. 訳文は拙訳。
(7) ジャン・ジオノ『憐憫の孤独』、山本省訳、彩流社、二〇一六年、一七八―一七九頁。
(8) 同書、一七五頁。
(9) ジャン・ジオノ『ボミューニュの男』、彩流社、二〇一九年、一六頁。
(10) 同書、三四頁。
(11) ジャン・ジオノ『青い目のジャン』、山本省訳、彩流社、二〇二〇年、一七四頁、一七六頁参照。
(12) 同書、一七六頁。
(13) 同書、一九〇頁。
(14) ジャン・ジオノ『憐憫の孤独』、五〇頁。
(15) アラン＝アリウの協力を得てジオノが書いた『オルタンスあるいは清流』は、ダム建設が自然を破壊するだけでなく、人間関係にも甚大な被害をもたらすことを警告した。映画『清流』(日本で公開されたときのタイトルは「河は呼んでいる」)をご存知の方もいらっしゃると思う。この映画でジオノはナレーションを担当している。

【著者】ジャン・ジオノ（Jean Giono）

1895年-1970年。フランスの小説家。プロヴァンス地方マノスク生まれ。16歳で銀行員として働き始める。1914年、第一次世界大戦に出征。1929年、「牧神三部作」の第一作『丘』がアンドレ・ジッドに絶賛される。作家活動に専念し、『世界の歌』や『喜びは永遠に残る』などの傑作を発表する。第二次大戦では反戦活動を行う。1939年と1944年に投獄される。戦後の傑作として『気晴らしのない王様』、『屋根の上の軽騎兵』などがある。1953年に発表された『木を植えた男』は、ジオノ没後、20数か国語に翻訳された。世界的ベストセラーである。20数か国語に翻訳された。

【訳者】山本省（やまもと・さとる）

1946年兵庫県生まれ。1969年京都大学文学部卒業。1977年同大学院博士課程中退。フランス文学専攻。信州大学教養部、農学部、全学教育機構を経て、現在、信州大学名誉教授。主な著書には『天性の小説家　ジャン・ジオノ』、『ジオノ作品の舞台を訪ねて』など、主な訳書にはジオノ『木を植えた男』、『憐憫の孤独』、『ボミューニュの男』、『二番草』、『青い目のジャン』（以上彩流社）、『喜びは永遠に残る』、『世界の歌』（以上河出書房新社）、『丘』（岩波文庫）などがある。

本当の豊かさ（ほんとうのゆたかさ）

二〇二〇年十一月二十日　初版第一刷

著者――ジャン・ジオノ

訳者――山本省

発行者――河野和憲

発行所――株式会社 彩流社

〒101-0051

東京都千代田区神田神保町3-10大行ビル6階

電話：03-3234-5931

ファックス：03-3234-5932

E-mail：sairyusha@sairyusha.co.jp

印刷――明和印刷（株）

製本――（株）村上製本所

装丁――中山銀士＋金子暁仁

ISBN978-4-7791-2715-1 C0098

http://www.sairyusha.co.jp